TAKE
SHOBO

冷徹公爵は見知らぬ妻が可愛くて仕方がない

偽りの妻ですが旦那様に溺愛されています

クレイン

Illustration
ウエハラ蜂

JN053560

蜜猫
MitsuNeko

contents

イラスト／ウエハラ蜂

冷徹公爵は見知らぬ妻が可愛くて仕方がない

偽りの妻ですが旦那様に溺愛されています

プロローグ　知らぬ間に結婚していたようです

長く続いた隣国との戦争が終わり、家に帰ったら独身のはずの自分に妻がいた。

何を言っているかわからないと思うが、自分にもわからない。

フェリクス・レオン・バシュラールは自らの妻と名乗る女性を前に、呆然《ぼうぜん》としていた。

フェリクスが当主を務めるバシュラール公爵家は、武門の家だ。

当主は代々、ここエルランジェ王国軍で要職に就く。

フェリクスもまた、若くして国軍の少将の地位にあった。

そして三年ほど前。隣国フォルタン王国が突如国境を破りエルランジェ王国へ攻め込んできたことで戦争が起き、軍籍にある者として母国を守るため、領地を引退した父に任せてフェリクスは戦場に出向いた。

三年に及ぶ長く苦しい戦いの末に見事フォルタン王国軍を打ち破り、戦勝に沸く王都へ凱旋《がいせん》の後に、ようやく領地へ帰ってきたのだ。

どうせ家にいるのは気難しい父だけである。よって特になんの便りも出さずにそのまま帰ってきたのだが、屋敷に着けば使用人たちが驚きつつも顔に喜色を浮かべ「おかえりなさいませ！　旦那様！」とフェリクスの無事の帰りを喜んでくれた。

三年前と変わらぬ面子に安堵《あんど》したところで、侍女の一人が突然とんでもないことを言い出した。

「今、奥様をお呼びいたしますね……！」

（…………奥様？）

想定外の言葉に、フェリクスはこてんと首を傾《かし》げた。

その名称で呼ばれるべきフェリクスの母は、もう十年以上前に亡くなっている。

そして自分は独身であるし、父が再婚したという話も聞いていない。

「……誰の妻だと？」

「ですから旦那様の、フェリクス様の奥様ですよ！　全く何をおっしゃっておられるのやら……」

長く我が家に勤めてくれている侍女長にぴしゃりと怒られ、フェリクスはまた首を傾げた。

どうやら『奥様』とは自分の妻らしい。

混乱しつつも言われるがまましばらくその場でぼうっと待っていると、フェリクスよりいくつか年下であろう一人の見知らぬ女性が、屋敷から緊張の面持ちで出てきた。

そしてフェリクスを一目見るなり、その綺麗《きれい》な緑色の目にぶわりと大粒の涙を浮かべる。

「おかえりなさいませ、フェリクス様。よくぞご無事で……！」

さらにはフェリクスの元に駆け寄り、彼の手をぎゅっと握りしめると、嗚咽《おえつ》を堪えながらボロボロと安堵の涙をこぼし始めた。

「旦那様がお帰りになって良かったですね、奥様」

「ずっとお一人で頑張っていらしたんですものね」

その自称妻の周囲で、気心の知れた公爵邸の使用人たちも目を潤ませ、うんうんと頷《うなず》きながら彼女のこれまでの労を労《ねぎら》う。

それから相変わらず呆然と突っ立っているだけのフェリクスに対し、とっととお前もこの健気《けなげ》な妻を労えとばかりに、咎《とが》めるような視線を向けた。

どうやらこの女性は、この屋敷の女主人として、使用人たちに随分と敬愛されているらしい。

だがフェリクスの頭の中は、それどころではなかった
なんせ自称妻が、彼の無骨な大きな手を、その小さく柔らかな手のひらで包んでいるのだ。

(手が小さい……！　柔らかい……！　何か良い匂いがする……！)

フェリクス・レオン・バシュラール。当年とって二十六歳。

女の子から手を握られるなど、生まれて初めての経験であった。

フェリクスの心臓が戦場に立っている時よりも激しく、早鐘のように鼓動を打っている。

なんせこの目の前の自称妻。めちゃくちゃに可愛《かわい》いのである。

小さな顔に、大きな緑柱石色の目。小作りな鼻に、薄紅色の頬《ほお》。花びらを浮かべたような、瑞々《みずみず》しくぷっくりした唇。

さらには艶《つや》やかで綺麗な発色のストロベリーブロンドの髪が、その可愛らしい顔を覆っている。

胸はお椀《わん》型にふんわりと膨らみ、だが腰はあくまでも華奢《きゃしゃ》で細い。素晴らしい凹凸である。そんなフェリクスの理想や妄想をぎゅっと集めたかのような可愛い子が、躊躇《ためら》わずに彼の手を握ってくれたのだ。

そのことがまず信じられない。これは本当に現実なのか。

(普通女の子は皆、俺のことを怖がるのに……)

自分ではよくわからないのだが、どうやらフェリクスの顔は『怖い』らしい。

背中に流れる月のない夜のような漆黒の髪。生気の感じられない、けれども鋭い印象の銀色の目。いくら太陽の下にいても何故《なぜ》か全く焼けない白すぎる肌に、くっきりと浮き上がる血のような色の赤い唇。

人形のように整いすぎた造作に、これまた人形のようにほとんど動かぬ表情。

『なんかこう、夜な夜な美女の血を吸ってそうな……、妙に血糊《ちのり》が似合いそうな見た目っていうの？　美形なんだけど近寄り難《にく》いんだよな……夜中にお前に会うとちびりそうになるわ』

とは、友人であるこの国の第三王子の談である。

『お前の見た目って、とにかく人外っぽいというか魔王っぽいというか。自分と同じ血の通った人間じゃないみたいでさ。そのくせ妙に色気だけはあるんだよな。歩く猥褻物《わいせつぶつ》みたいなさあ……』

友人といえど失礼にも程がある。

身も心も清らかだというのに、何故猥褻物《わいせつ》認定されねばならぬのか。

確かに全体的に血の通っていないような寒々しい見た目をしているためか、周囲の人々はフェリクスに対し本能的な恐怖を覚えるらしく、彼の周りには、人があまり寄ってこない。

そしてもちろん当然の如《ごと》く、女性もまた近寄ってこない。

おかげでフェリクスは齢《よわい》二十六歳にして、まったく女性に免疫がなかった。

夜な夜な美女の血など吸えるわけがない。

女性が近づいてきたら、それだけで今のように緊張して固まってしまうほど初心《うぶ》なのに。

魔の者のようなこの無駄に派手な見た目のせいで、なんたる風評被害か。

もちろん失礼なことを言った第三王子は、後ほど訓練中に偶然を装ってど突いておいたが。

だが目の前の自称妻は、誰もが怖がる彼の手を抵抗なく握り、ただその無事を喜んで泣いてくれているのだ。

「ああ、そうだわ！　今、お義父様も呼んできますね！　少々お待ちください」

「!?」

お義父様とは一体なんだ。あの厳格で偏狭で面倒臭い父のことか。

自称妻は指先で涙を拭うとぱっと身を翻し、一度屋敷の中へそそくさと戻って行ってしまった。

一気に体温を失った手が妙に寂しくて、無駄に結んで開いてを繰り返していたら、屋敷から自称妻に支えられ、杖《つえ》をつきつつ歩いてくる父の姿が見えた。

「……ただいま戻りました。父上」

「ふん。生きて戻ったか」

冷たい物言いだが、いつものことだったのでフェリクスはなんとも思わなかった。

なんせこの男はフェリクスの記憶にある限り、息子や妻に優しい言葉をかけたことなど一度もないのだから。

「あら。いけませんよ。お義父様。そんな言い方をなさっては」

「⁉」

だがなんとこの自称妻。そんな父をぴしゃりと嗜《たしな》めたのである。

フェリクスは驚き思わずその鋼色の目を見開いた。

しかもそれに対して使用人たちが全く動揺していないところを見るに、おそらくこれは日常茶飯事の光景なのだろう。信じられない。

「ずっとフェリクス様のこと、心配なさっておられたのに」

「う、うるさいぞ。そんなことはない！」

「あら。そんなことしかないでしょう。毎日私と一緒にフェリクス様の無事を祈っていたではありませんか。お忘れになりまして？」

彼女の追及に不機嫌そうにむっつりと黙り込む父。きっと癇癪《かんしゃく》を起こし怒鳴り散らすに違いないとフェリクスは思わず身構える。

だが自称妻はそんな父の機嫌を、全く意に介していないようだ。

「ほら、お義父様」

それどころか彼女はさらに父に促す。とんでもない強《したた》かさだ。

すると父が、渋々ながらも口を開いた。

「……無事に帰って、良かった。フェリクス」

なんと、小さい声ながらも父から無事を喜ばれた。フェリクスは衝撃を受ける。

あの偏屈な父に素直に言うことを聞かせるとは。

我が妻が凄《すご》すぎる。――だがそんなことよりも。

（……俺は、一体いつ彼女と結婚したんだ？）

あまりにも自然にフェリクスの妻をしている女性が、やはり全く記憶にない。

そろそろ誰か教えてほしい。自分は間違いなく独身のはずだ。一体なぜこんなことになっているのか。

確かに後継のこともあるし、そろそろ結婚しなくてはなぁとは思っていた。

結婚適齢期の大切な三年間を戦争に費やしてしまったという焦りもあった。

できるなら可愛いお嫁さんと、幸せな家庭が築きたいなぁとも思っていた。

よって誰か良い女性を紹介してくれないかと度々「結婚したい」と口にしているのだが、その無駄に陰気且つ派手すぎる生活感のない見た目のせいで、周囲からはただの冗談だと思われている。本当に結婚したいというのに。

それでもやっぱりフェリクスには、実際に結婚したという記憶はない。

全て己の妄想の中だけで終わっているはずだ。

考えていたらなにやら悲しくなってきたが、それはともかくとして。

「どうだ、フェリクス。久しぶりの妻との再会は」

父が少し揶揄うように、にやにやと笑いながら言った。

「お義父さまったら……」と自称妻は困った顔をしている。

だからそもそも再会ではなく、彼女とは初対面である。

だが皆が当然のように彼女をフェリクスの『妻』として扱っているので、何やらいよいよ自分までそんな気がしてきてしまった。

詐欺師かとも思ったが、彼の帰りを涙ながらに喜んでいる姿は、どうしても嘘偽りとは思えない。

なんせその小柄な全身から、善良な人間であるという雰囲気が滲《にじ》み出ているのである。

フェリクスは、人を見る目にはそれなりに自信があった。

そうでなければ、あの戦場を生きぬくことはできなかっただろう。

(あと考えられるとしたら、あの記憶を失った半年間での出来事だろうか……)

かつて戦時中に、乗っていた馬が矢を受けて、頭から落馬したことがあった。

その時頭を強く打って、事故前の半年分くらいの記憶を失ってしまったのだ。

どうせ戦場でやっていることなど、日々変わらずただの人殺しだ。

よって近々の記憶などなくとも、戦況などの引き継ぎさえしっかりしてもらえれば、特になんの不自由も不都合もなかったのだが。

よもやその失った半年間の間で彼女と出会い結婚していた、ということだろうか。

(よりにもよって、なんでそんな大切な記憶を失っちゃうのかな、俺……!)

ようやく目の前の状況に納得できる理由を見つけ、フェリクスは焦った。

それはつまり自分が結婚しているのに何年も妻に連絡の一つも寄越さない、冷酷な夫であったということで。

(俺、もしかしなくとも最低最悪の夫では……?)

道理で先ほどから女性の使用人たちの目が冷たいわけである。不可抗力です許してください。

「お疲れでしょう。風も冷たくなってまいりましたので、屋敷の中に入りませんか?」

父を支えたまま、自称妻……いや、もう多分正真正銘妻でいいのだろう――が近づいてきて上目遣いでフェリクスに伺いを立ててくる。

またしても彼女のものだろう、甘い香りがふわりと漂って、フェリクスの鼻をくすぐる。

（うん。別にもうこのままで良いんじゃないかな……!?）

フェリクスの心に、すとんとその結論が降りてきた。

そう、自分さえこの状況を受け入れてしまえば、全て一件落着なのである。

なんせ目の前にいるのは、自分がこれまで散々妄想していた、可愛い理想の妻そのものである。

フェリクスはすっかり目の前の自称妻が気に入ってしまっていた。完全に一目惚《ひとめぼ》れである。

初めて会ったというのに、不思議と彼女が妻という事実がしっくりときてしまったのだ。

（どうせそろそろ後継のことを考えて、結婚しなければならなかったのだし）

だったらこのまま彼女を妻として受け入れることに、一体なんの問題があるだろうか。

むしろ人間関係を一から築くことが苦手な自分が、突然何の苦労なく可愛い妻を手に入れられたのだ。それはもう幸運《ラッキー》以外の何物でもあるまい。

失われた記憶の中にいるであろう自分を、よくやったと褒めてやりたいぐらいだ。

己のあまりのモテなさを鑑み、フェリクスはあっさりとこの状況を受け入れてしまった。

じっと彼女を見つめてみれば、どこか懐かしいようなツンとした痛みが胸に生じる。

たとえ記憶はなくとも、失ったかつての自分が彼女に恋をしていたことは間違いない気がする。

それにしても彼女と自分は、あの戦時下で一体どのような出会いをし、どのように恋をし、そしてどのようにして結婚に至ったのであろうか。

それらを全く覚えていないことが、非常に悔やまれる。

しかも結婚をしたということは、こんなにも可愛い妻と、あんなことやこんなことをしてしまった、ということで。

(本当になんで忘れてしまったんだ自分……!　勿体ないが過ぎるだろう……!)

知らぬ間に童貞を喪失していたらしいフェリクスは、心の中で深く嘆いた。

その瞬間の記憶だけでも、なんとか脳から捻《ひね》り出《だ》して取り戻したい。

「フェリクス様……?」

色々と考えていて、ぼうっとしてしまったからだろう。妻がこちらを心配そうに見ている。

何か返事をしなければ、と思い。そこでフェリクスは致命的なことに気づいた。

(……名前がわからん)

本当に妻のことを、何一つとして知らないのだ。今のフェリクスは。

「……コレット。そんな奴《やつ》は放っておいて、屋敷に入ろう」

フェリクスが妻との再会を、あまり喜んでいないように見えたのだろう。

息子の冷たい態度に苛立ったらしい父が、苦々しくそう言い放った。

随分とこの娘のことを、気に入っているようだ。

「――コレット」

図らずも妻の名前を手に入れたフェリクスは、思わず嬉《うれ》しくて口に出す。

ありがとう父よ。たまには役に立つではないか。

彼女によく似合う、可愛い名前だ。また不思議と胸の奥がツンと甘い痛みを発する。

すると名を呼ばれたコレットが目を見開き、それから嬉しそうに照れくさそうに笑ってくれた。

それはまるで、目の前で花の蕾《つぼみ》が開いたかのようだった。

その瞬間。フェリクスは完全に堕《お》ちた。可愛いが過ぎる。

(――うん、コレットは俺の妻だ。間違いない)

記憶はないが、事実として目の前にあるのなら、それでいい。

そしてフェリクスは堂々とコレットの細い肩を抱くと、何故か緊張で体を強張《こわば》らせる彼女を連れて、屋敷の中に入って行ったのだった。

第一章　いつわりの妻ですが

（ど、どうしよう……！　なんでこんなことに……？）

一方自称妻のコレットは、フェリクスに肩を抱かれて歩きながら内心慌てていた。

実はコレットは、フェリクスの妻などではない。それどころか恋人であったことすらない。

だからフェリクスが帰ってきたら、妻を偽称している自分は即断罪され、牢《ろう》に入れられるものとばかり思っていたのだ。

それなのに何故かフェリクスは、いまだにコレットについて何も言わない。

おかげで使用人たちも、フェリクスの父である先代公爵も、相変わらず誰一人としてコレットを疑っていない。

（一体何故……!?）

表面上はなんとかいつも通り微笑《ほほえ》みを絶やさず、公爵夫人然《ぜん》して過ごしているが、コレットの頭の中は混乱の極みであった。

その後家族で食事を取ったが、その席でもフェリクスはほとんど喋《しゃべ》ることなく、父から話しかけられても短い受け答えしかしなかった。元々それほど口数の多い人ではないのだ。

そして結局何の進展もないまま、いつも通り先代公爵とコレットが談笑して食事の時間は終わってしまった。

（断罪はいつになるの……？）

まるで生殺しのような状況に、コレットは生きた心地がしなかった。

その後いつものように侍女たちに手伝ってもらって湯浴《ゆあ》みをし、コレットは主寝室へと向かう。

肌からほのかに薔薇《ばら》の香りがする。侍女が塗ってくれた香油だ。動くたびにふわりと香る。

（心地良い匂いね……）

かつての血と消毒液の匂いに塗れていた頃とは、大違いだ。

ほぼため息のような深呼吸をすれば、心が少しずつ落ち着いていく。

とにかく明日、時間を作りフェリクスと話してみなければ。

（疲れた……。とりあえず、今日はもう何も考えずに寝よう……）

そしてコレットが寝台に入ろうとしたところで、突然ノックもなく寝室の扉が開かれた。

「……え？」

驚き扉へ振り向けば、そこにいたのは長い黒髪を濡《ぬ》らしたままガウン姿で立っている、バシュラール公爵閣下フェリクスその人だった。

湯上がりだからか、真っ白な肌がうっすらと赤らみ、ガウンの合わせの部分から鎖骨とよく鍛えられ盛り上がった胸筋が覗《のぞ》く。

その圧倒的美に、圧倒的色気に、一瞬コレットの魂が口から抜けかけた。

「ふぇ、フェリクス様……？　どうしてこちらへ……？」

何とか心を立て直して思わず口にしてしまった疑問に、フェリクスの方が不思議そうに首を傾げた。

「……そもそもここは、俺の寝室だが」

コレットが普段使っているこの部屋は、この屋敷の主寝室である。

――そう、『主寝室』。つまりは、公爵夫妻の寝室。

（なるほど確かに！）

コレットは手をポンと叩《たた》いて納得した。確かに夫婦は、基本的に一緒の寝台に寝るものである。

だがまさかフェリクスがここにくるとは思わず、コレットはすっかり一人で寝る気満々であったのだ。

「そ、そうですよね……！」

戦争に行っていた夫、待っていた妻、そして久しぶりの再会とくれば、もうその夜にやることは一つであると、周囲は考えたことだろう。

道理で今日に限ってやたらと機嫌の良い侍女たちが、コレットの肌をせっせと磨きまくっていたわけである。

コレットは納得した。だが感情は追いついていなかった。

（だって偽物なので……！）

それなのにフェリクスが壮絶な色気を放ちながら、こちらへ向かってくる。

その姿はもはや公害、歩く猥褻物であり、どこから見ても淫魔である。

（助けて……！）

初心なコレットは、顔を真っ赤にして慌てふためいた。

もしやこのままフェリクスと、あんなことやこんなことをしてしまうのだろうか。

だが妻と偽称している以上、それを拒否をする権利はない気がする。

（でもどうしてこんなことに……。フェリクス様は私が妻じゃないって、ちゃんとわかっておられるはずなのに……！）

何故フェリクスは、いまだにコレットを妻として扱い続けているのだろう。

フェリクスが手を伸ばし、コレットのストロベリーブロンドの髪を優しく撫《な》でる。

さらりとその手触りを楽しむように何度か指で梳《す》いたあと、そっと抱き寄せてきた。

（ひぃいいいい……！）

彼の硬い体を感じ、コレットは心の中で悲鳴を上げた。一体自分の身に何が起きているのか。

さらにその指先で顎を持ち上げられる。背筋が凍るほど整った顔が、至近距離に迫っていた。

（なんという視界への暴力……！）

きっと人を誑《たぶら》かすという悪魔は、こんな顔をしているに違いない。

耐えきれなくなりそっと目を瞑《つぶ》ると、柔らかく温かな何かが唇に落ちてきた。

「⁉」

まさかと思い、うっすらと目を開ければ、濃過ぎる上に長過ぎる睫毛《まつげ》が目の前にあった。

羨ましすぎるその睫毛に物申したい気もするが、そんなことよりも。

（え？　もしかして私、フェリクス様に口付けされてる……⁉）

認識した途端コレットの中で激情が渦巻き、身体が歓喜に震え、目に涙が溢《あふ》れた。

コレットはずっと、フェリクスのことが好きだった。もう、何年も前から。

それなのに個人的な理由で妻と偽称し、彼を利用して、自分は今ここにいる。

これはもしかして、彼からの罰なのだろうか。

（妻と偽称したんだから、その賠償は体で支払え的な……？）

だが彼に恋するコレットにとって、それは罰ではなくむしろご褒美である。

コレットの本能があっという間にフェリクスの色気の前に屈服し、どうぞどうぞと体を差し出そうとしている。

現状、そこをなんとかか細い理性で、必死に食い止めている状況である。

口付けは長く続かず、すぐに唇は離された。そのことをコレットは浅ましくも寂しく思う。コレットの真っ赤な顔と潤んだ目を見て、フェリクスはわずかに安堵したような表情を浮かべると、それからもう一度唇を重ねてきた。

今度は心の準備もできたため、コレットも素直にその唇を受け入れた。

触れては離れ、触れては離れと、何度も口付けを繰り返す。

それからフェリクスはコレットの左手をとって、その薬指にある指輪に、口づけを落とした。

――その瞬間。コレットの胸を、酷《ひど》い罪悪感が襲った。

この指輪は亡き先代の公爵夫人の形見であり、代々の公爵夫人が受け継ぐものなのだという。

バシュラール公爵邸の者たちが、突然やってきたコレットをフェリクスの妻だと疑わなかったのは、彼女が持っていたこの指輪のおかげだ。

コレットがこの指輪をフェリクスからもらったのは事実であるが、それは求婚のためなどではない。

当時、フェリクスに金の持ち合わせがなく、その代わりに受け取ったものに過ぎないのだ。

『金になりそうなものを、今はこれしか持っていないんだ。すまない』

かつて彼はそう言って、コレットの手のひらにこの指輪を握らせたのだ。

ただの傷の治療と、それに伴う看護の礼として。

フェリクスが腕を伸ばし、口付けだけでとろんと蕩《とろ》けかけたコレットを、掬《すく》い上げるように抱き上げた。

そして驚いたように、わずかに目を見開く。

「……軽いな」

確かにコレットは、成人女性にしては華奢で小柄な方である。

だがこれでも二年前にこの公爵邸にきてから、毎日食べきれぬほどの食事を与えられ、随分とふっくらしたのだ。

ここに来る前は本当に骨と皮だけのような、みすぼらしい貧相な見た目をしていたのだから。

フェリクスが寝台に向かって歩き出し、コレットの心臓がバクバクとさらに激しく脈を打ち始める。

憧れのフェリクスと、まるで本物の夫婦のようなことをしている。

これは本当に現実なのだろうか。

(……フェリクス様のお考えが、全くわからないわ……)

何度も言うが、コレットが自分の妻ではないことを、彼は知っているはずなのだ。

それなのに何故こんなにもコレットを、まるで壊れやすい大切なもののように、優しく寝台の上に下ろすのだろうか。

そしてフェリクスはそのまま覆《おお》い被さって、またコレットの唇を奪う。

「んんっ……!」

今度は触れるだけの優しいものではなかった。

なんとフェリクスの舌が、ぬるりとコレットの口腔《こうこう》内に侵入してきたのだ。

自分の内側を他人に曝《さら》け出す初めての経験に、コレットはぞくぞくと体を震わせる。

「んっ、んっ、ふう……！」

呼吸がうまくできず、つい鼻に抜けるような甘ったるい声が出てしまう。恥ずかしくてたまらない。

するとフェリクスの舌が、余計に激しくコレットの口腔内を蹂躙し始めた。

舌を絡められ、歯の形をなぞられ、喉奥までをも探られて。

未知の経験にコレットがいっぱいいっぱいになっていると、フェリクスの手がコレットの着ているネグリジェの裾を捲《まく》り上げて、その中に侵入してきた。

その手は随分と性急で、余裕がない。

（待って……！　どうしてこんなことに……⁉）

彼の熱い手が、その形や感触を確かめるようにコレットの肌を辿《たど》る。

もう寝るだけだからと、下着はつけていなかった。よって防御力は皆無だ。大失態である。

太ももから臀部《でんぶ》、腹部をたどり、やがてふんわりと膨らんだコレットの胸にフェリクスの手がかかった。

そして恐る恐るといった感じで、そこを優しくやわやわと揉《も》まれる。

こんな壮絶な色気のある淫魔のような顔をして、フェリクスの手はあくまでも優しい。

もっと乱暴にされるかと思っていたコレットは、安堵しつつも優し過ぎるその手のくすぐったさに、身を捩《よじ》る。

そして背中が浮いた瞬間、そのまますするりとネグリジェを脱がされてしまった。

それに伴いようやく唾液の糸を引きつつ唇が離され、きつく瞑っていた目を恐る恐る開けば、フェリクスがじっとこちらを見ていた。

コレットの激しい口付けのせいで呆《ほう》けてしまった顔と、剥《む》き出しになった乳房を。

その温度の低そうな鋼色の目で無表情のまま見つめられると、まるで品定めをされているような気分になってくる。

彼がそんなことをする人ではないと、わかっていても。

恥ずかしさに耐えられなくなったコレットは、慌てて両手で胸を隠そうとした。

するとフェリクスは、彼女の両手首を片手でまとめて、頭の上で拘束してしまう。

こんなにも手の大きさが違うのだと改めて認識し、ぞくりとコレットの体が戦慄《わなな》いた。

「コレット……とても、綺麗だ」

するとフェリクスは少し上擦った声で、そう言った。

それを聞いたコレットは驚く。どうやらフェリクスは表情には出ていないものの、緊張しているらしい。

（ああ、そうだったわ……）

この人はこんな迫力のある見た目をしているくせに、中身は案外普通の男の人なのだ。

コレットは頭を持ち上げると、フェリクスの頬に己の頬をそっと擦り合わせた。

冷たそうな真っ白な肌は、触れてみれば思いの外、温かかった。

するとフェリクスの目に、嗜虐《しぎゃく》的な色が宿る。

そして彼の指先が、すっかり凝り固まったコレットの胸の頂きを軽くつまみ上げた。

「ひゃあっ……！」

これまで味わったことのない不思議な感覚に、コレットは思わず間抜けな声をあげてしまった。

その反応に味をしめたのか、フェリクスはそこを摩《さす》ったり押し込んだりひっぱりあげたりと、まるで新しい玩具《おもちゃ》を与えられた幼い子供のように、弄り始めた。

「んっ……あ、ああ……」

最初はわずかながら痛みがあったものの、繰り返されているうちに、ひたすら快感だけを拾うようになってしまった。

動いているわけではないのに、妙に息が切れる。もっと触れてほしいと思う。

（なに、これ……！）

こんな感覚は知らない。必死に堪えるたびに、どうしても唇から小さな喘《あえ》ぎ声が漏れてしまう。

触られているのは胸なのに、なぜか下腹部にむず痒《がゆ》いような不思議な熱が宿り、徐々に高まってくる。

その熱を逃そうとして身を捩れば、フェリクスに動けないよう体を寝台に押し付けられてしまった。

「フェリクスさま……」

さらには制止しようとして呼んだはずの名前が、どこか媚《こ》びるような響きを持ってしまい、泣きそうになる。

そして彼の指がコレットの下肢の方へと伸ばされ、脚の隙間へと忍び込む。

思わず脚を閉じようとするが、圧倒的な力の差を前に結局すんなりと侵入を許してしまう。

触れられた瞬間、ぴちゃりと粘度のある液体が立てるような水音がした。

「よく濡れている。気持ちが良いんだな」

ただの事実確認のような淡々とした言葉なのに、意地悪をされているような気になるのはなぜだろう。

そこにある割れ目を、フェリクスが剣を使う者らしい硬い指の腹で、溢《あふ》れ出た蜜を潤滑剤にしてぬるぬると探る。

自分ですらまともに触ったことのないその場所に触れられ、羞恥で死にそうだ。

それなのに、どうしようもなく気持ちが良い。

もっと触って欲しくて、はしたなくも腰がうずうずと動いてしまう。

やがてフェリクスの指先が、上の方にある小さな凝り固まった芽を見つけた。

「ひんっ……！」

そこを擦られた瞬間。体の中を何かが走り抜け、痛みにすら感じるほどの強烈な快感がコレットを襲った。

（なに……⁉　今の……？）

初めての経験にコレットが呆然としていると、フェリクスがその痼った神経の塊を、指の腹でぐりぐりと執拗《しつよう》に刺激し始めた。

コレットは思わず腰を小さく跳ね上げてしまう。

「や、あ、あああ……！」

そこに触れられるたびに、甘くてドロリとした重い快感が、下腹に溜《た》まっていく。

そして限界まで溜まったところで、フェリクスに陰核を強めに押し込まれて。

「ああっ……！」

溜《たこ》め込まれた快感が決壊し、コレットは生まれて初めて絶頂に達してしまった。

下腹が内側にぎゅっと引き絞られるような強烈な感覚の後、体の端に向かって掻痒《そうよう》感が広がっていく。

体をビクつかせながら荒い呼吸をするコレットを、フェリクスはほんの少しだけ口角を上げて見つめていた。

多分微笑んでいるのだろうが、元々の顔立ちのせいでどこか邪悪に見えてしまうのがなんとも哀れである。

そんな彼の顔を、コレットは呼吸を整えながらぼんやりと見ていた。

（本当にこのましてしまうの……？）

コレットの中で、このまま彼を受け入れてしまいたいという本能と、受け入れてはいけないという理性がせめぎ合う。

するとフェリクスが、コレットの蜜口にそっと指を差し込んできた。

その太く硬い指に、何も受け入れたことのない隘路《あいろ》が悲鳴を上げた。痛い上に違和感が酷い。

「……痛っ……！」

「え……？」

コレットの苦痛の声に、フェリクスが疑問の声をあげ、指の動きを止める。

「……何故だ？　こういうことは初めてなのか？」

不思議そうに首を傾げられ、その言葉にコレットは衝撃を受ける。

どうやらフェリクスは、コレットのことを性的に奔放な身持ちの悪い女だと思っているらしい。

確かにコレットは、ここで詐欺師のような真似《まね》をしている。

だからそう思われても、仕方がないのかもしれない。

それでもフェリクスにだけは、ふしだらな娘だと思われたくなかった。

コレットは身を売ったことなどないし、そもそも未《いま》だに純潔な身なのだ。——だから。

「初めてです……！　初めてなんです……！」

どうしても信じてほしくて、溢れてくる涙を堪えきれず、コレットは泣き叫んだ。

するとフェリクスが弾かれたように、慌ててコレットの上から退いて身を起こす。

剥き出しの肌から温かな温度を一気に奪われ、コレットはぶるりと身を震わせた。

「す、すまない……！」

やはりほとんど表情は動いていないのだが、あわあわと動く手とそわそわと動く視線に、フェリクスが酷く狼狽《うろた》えていることがわかる。

「……き、君とはもうすでに、何度もこういったことをしているものだと思ったんだ」

フェリクスの言葉に、コレットの涙が止まる。

つまり彼は、コレットが性的に乱れていると思ったのではなく、こういった行為をすでに自分と何度も致していると思っていたということか。

「……していません。どうしてそんなふうに思われたんですか？」

フェリクスとは、今日まで口づけも交わしたことはない。そもそも恋愛関係ですらなかった。

それなのにどうしてコレットと、これまで何度もそういった関係にあったという勘違いをしたのだろうか。

(……そんなこと、わかりきったことなのに何故……？)

そこで初めてコレットは、彼の行動に疑問を持った。

フェリクスは淫魔のような見た目にそぐわず、その中身はごく普通の真面目な青年だ。

いちいち顔や名前も覚えられないほど、多くの女性と肉体関係を持っているとは考え難い。

するとフェリクスは、しょんぼりと肩を落としとんでもないことを白状した。

「すまない……。実は俺は、半年分ほど記憶を失っているんだ」

「……はい？」

「もう二年以上前のことだが、乗っていた馬に矢が刺さり、痛みに暴れる馬から振り落とされて頭から地面に落ちてしまって――」

「そんな……！　お怪我《けが》は大丈夫だったのですか？」

コレットは慌てて寝台から身を起こすと、心配そうにフェリクスの頭を見つめる。

するとフェリクスは心配されたことが嬉しかったのか、ほんの少し頬を赤らめた。

たったそれだけの変化なのに、溢《あふ》れ出《だ》す色気がすごい。

(……おそらくフェリクス様ご本人は、全くの無自覚なのよね……これ)

なんと罪深い存在であろうか。鼻息が荒くなりそうになるのを、コレットは必死に隠した。

「ああ、傷自体は大したことはなかったんだ。だが事故以前の記憶を半年分くらい失ってしまったらしい。……だから俺は、君のことを覚えていないんだ」

事故後のフェリクスの最後の記憶では、敵軍に国境を破られ、かなりの国土を侵略されて奪われ、随分と不利な戦況にあった。

それなのに病室で目を覚ませば、敵軍を国境の外へ追いやる寸前まで戦況は盛り返していた。

「その失った半年分の記憶の中で、俺はかなりの軍功を上げたらしい。残念ながら何も覚えちゃいないんだが……」

「そんなことがあったんですね……」

「俺が君と出会ったのも、君と結婚したのも、おそらくはその失われた半年分の記憶の間の出来事なのだろう。……何も覚えていなくて、すまない」

覚えていようがなかろうが、出会いはともかく結婚に至っては、その事実自体が存在しないのだが。

(なるほど。そういうことだったのね)

話を聞いて、これまでの彼の行動の理由がようやくわかった。

彼は記憶がないからこそ、コレットが自分の妻であることを、否定できなかったのだ。

もちろんフェリクスが自分との出会いを忘れてしまったことは、正直に言って寂しく感じるが。

（でもそのおかげで助かったということかしら……）

もし彼に記憶があったのなら、コレットは即刻詐欺師として牢に入れられていただろう。

フェリクスが深く頭を下げた。すると彼の長い髪がさらさらと流れ落ちた。

その尋常ではない髪の艶は一体どうなっているのだろう。ぜひ手入れ方法を教えてほしい。

「だから君と出会った時の俺と、今の俺は違うのかもしれない。君からしたら、全くの見知らぬ他人のように感じられるのかもしれない」

確かにかつての気さくな雰囲気は、今はない。

だが別の人間とは、コレットは思えなかった。

だって彼の優しく穏やかな性格は、何も変わっていないのだ。

「……これから君は、どうしたい？　やはり記憶を無くした夫とは、これ以上一緒に暮らしたくはないだろうか」

フェリクスの眉尻が、寂しそうにわずかに下がった。肩もなにやらしょんぼりと落ちている。

それを見たコレットの胸が、きゅんと締め付けられた。

一体何なのだろう。この可愛い生き物は。見た目は完全に恐怖の魔王なのに、コレットの目にはただただ可愛く映る。

「一緒にいて苦痛なのは、むしろフェリクス様の方ではないですか？　だってフェリクス様からしてみれば、私は初対面の女でしょう……？　それなのに妻として図々《ずうずう》しくこのお屋敷に居座っているんですもの」

三年ぶりに家に帰ってきたら、妻と名乗る見知らぬ不審な女が勝手に住み着いていたのだ。それは酷く驚いたことだろう。

どちらにせよコレットは、すぐに屋敷から追い出されても、何も文句を言えない立場であった。

「……いや。記憶を失ったのは、俺のせいだ。君には何一つ非がない。それに父も使用人たちも皆君のことをとても気に入っているようだし」

困ったように鼻の上を掻《か》く。普通の青年であれば照れ隠しだろうと思うが、見た目が派手すぎて、そんな些細な仕草の一つに対しても、うっかり真意を深読みしそうになる。

「できればここにいてほしい。俺も君のことを思い出せるように、努力しよう」

その時コレットの耳に、ふと悪魔が囁《ささや》いた。


——このまま黙っていれば、彼の妻のままでいられるのではないか、と。


そしてその甘美な誘いに、コレットは逆らうことができなかった。

「ありがとうございます……。どうかここにいさせてくださいませ」

記憶など、無理に思い出さなくていい。そうすれば、自分はここにいられる。

我ながら、それはなんて利己的な願いだろうか。

だがどうしてもこの場所を、彼を、手放したくないのだ。——なぜならば。

「……私、フェリクス様のことを、お慕いしているのです」

それだけは、純然たる真実だった。

コレットが頭を下げると、また涙がボロボロと溢れた。

フェリクスは困ったような顔をして、床からコレットのネグリジェを拾い上げてそっと手渡してくれた。

そこでようやく自分が素っ裸のままだということを思い出したコレットは、慌ててネグリジェを被った。フェリクスはさぞかし目のやり場に困ったことだろう。

だが慌てたからか、うまく袖に腕が通らない。

焦っていると、フェリクスがコレットの手を袖口に導き、彼女の頭を襟に潜らせてくれる。

(優しい……)

コレットはまた涙が出そうになった。

やはりこんな優しい人を騙《だま》しても良いのかと、罪悪感で胸がじくじくと痛む。

「夜も更けたが、もう少し、話をしないか？」

フェリクスに誘われ、コレットは頷く。それから二人で、横に並んで寝台に腰掛けた。

「コレット。君がその指輪を持っているということは、俺が君に求婚をしたことは間違いがないと思う」

「………はい」

若干目が泳いでしまったが、コレットはなんとか返事をすることができた。

「だが、その、肉体関係はなかった、ということだろうか」

「……はい。その、出会った場所が戦場だったので。そういったことは……」

それを聞いたフェリクスが、驚いたようにわずかに目を見開いた。

「あの、先ほどはすまなかった……。君とはすでに夫婦としてそういった関係にあると思い込んでいて……」

そしてまたあわあわと手を動かし、そわそわ視線を彷徨《さまよ》わせる。

「覚えていない君との時間を思ったら、何故か胸の中がもやもやして、つい君に触れてしまったんだ……」

慌てふためくフェリクスに、コレットは思わず小さく笑ってしまった。

コレットが怒っていないことに安堵したのか、フェリクスは彼女の顔をまっすぐに見据える。

「あの……俺と君の出会いを知りたいんだ。話してはくれないか？」

ごく当然の彼のお願いに、さてどこまでを話せば良いものかとコレットは困ってしまった。

詳しく話しすぎれば、結婚の約束をしたという事実が偽りであることも露見してしまう。

だが即興で作り話をしても、ボロが出るだけだ。

(――都合の悪いことは黙って、他のことはできる限りありのままを伝えよう)

利己的なのは百も承知だ。それでも彼のそばにいたかった。

コレットは覚悟を決めると、口を開いた。

「……ええと、私とフェリクス様が出会ったのは――」

◇◇◇◇

コレットの故郷は国境近くにある、メルシエという名の小さな町だ。

そこの領主であるアングラード子爵家の長女として、コレットはこの世に生を受けた。

鉱山や港など大きな富を産むようなものは存在しないが、豊かな水源と土壌に恵まれた、農業を主産業とする平和な土地だった。

その地で優しい両親と姉思いの少々病弱な弟とともに、コレットは幸せに暮らしていた。

華々しくとはいかないものの、十七歳で無事に社交界デビューも果たし、幾つも求婚状を貰《もら》った。

「うちのコレットは世界一可愛いからな」

家格が随分と上の家からの求婚状もあり、父はそう言って誇らしげな顔をしていた。

嫁ぎ先はすぐには決めず、じっくりと腰を据えて選ぶことにしていた。

どれほど家格が高くとも人格に問題があるような男のところには嫁がせたくないのだと、父は言った。

政略結婚の必要もなく、両親はただコレットの幸せを祈ってくれていたのだ。

コレットもまた、将来への希望に胸を膨らませていた。

自分の未来になんの不安もなく、社交界デビューしたことでこれから更に広がるであろう世界を、ただ想像しては楽しみにしていたのだ。

——だがある日。コレットの平和な日常は、約束された未来は、突然失われることになった。

なんの前触れもなく隣国フォルタン王国が国境を破り、このエルランジェ王国へと攻め込んできたのだ。

元々両国が緊張状態にあれば、警戒もしたのだろう。

だがそれまで長きにわたり、フォルタン王国とエルランジェ王国は良好な関係を築いていた。

国交も密に結ばれており、それ故に国境付近の警備は甘かった。

その油断によって、あっさりと国境を破られてしまったのだ。

「お前たちは念の為、山荘へ避難しなさい」

「そんな……！　お父様……！」

その一報を聞いたコレットの父は、すぐに家族を町から離れた山荘へ、使用人たちと共に避難させた。

そこは夏の間に短い期間だけ、避暑のために使用する小さな別荘だった。

「大丈夫だ。フォルタン王国軍も、まさかこのメルシエまでは来ないだろうよ。家族が離れるのは、わずかな間だけだ」

コレットもその言葉を信じ、すぐの再会を約束して父に抱きつき、別れを告げた。

だがそれが、コレットが父の姿を見た最後となった。

エルランジェ王国は侵略の一報に慌てて迎撃軍を編成したものの、フォルタン軍の進軍速度は非常に速く、コレットの父が治める領地まで一気に侵攻してきたのだ。

フォルタン王国は随分と前からこの侵略戦争を企《たくら》んでおり、進軍計画は緻密に立てられていたようだ。

父はエルランジェ王国の貴族として、圧倒的に数の少ない私軍を率いてフォルタン軍に立ち向かい、彼らの進軍を食い止めた。

そしてメルシエに迎撃軍が到着するまでの時間を稼いだ後に全滅。その命を戦場で散らすことになった。

こうしてコレットの愛するメルシエの町は軍靴で踏《ふ》み躙《にじ》られ、フォルタン王国侵攻軍とエルランジェ王国迎撃軍がぶつかり合う、激戦地となってしまったのだ。

生まれ育った屋敷こそエルランジェ王国の迎撃軍により取り返すことに成功したものの、すでにそこはフォルタン王国軍による略奪の憂き目にあい、変わり果てた姿となっていた。

父の訃報を聞いたコレットは屋敷の門に晒《さら》されていたという父の遺体と面会すべく、気弱な母と病弱な弟を山荘に残し、アングラード子爵家の名代として幾人かの使用人と共に屋敷に戻った。

だがフォルタン王国軍からの恨みを買った父の遺体は損傷の激しい状態であったらしく、貴族のものとは到底思えぬ粗末な棺に収められた後、厳重に釘《くぎ》を打ち付けられていた。

結局その姿を見ることができないまま、父はアングラード子爵家の墓地に埋葬されてしまった。

戦時中ということで、葬儀どころか墓標すらも作ることができず、ただ埋められただけの質素極まりない墓の前で、手向ける花すら手に入れられない無力なコレットは、ただ泣いた。

あまりにも早すぎる、父との別れだった。

「すまないが緊急事態だ。アングラード子爵家に協力を要請する」

そして父を悼む時間もそこそこに、迎撃軍を率いる将である強面《こわもて》なこの国の第三王子ベルトラン・アシル・エルランジェに請われ、この付近で最も大きな建物であるアングラード子爵邸は軍に接収されて、エルランジェ王国軍の拠点となった。

奪い返してもらった手前、コレットには何の文句もなかった。

この領地を敵軍から取り戻すためなら、使えるものは全て使ってもらって構わない。

その上でコレットは、軍からの依頼でこの地の領主の娘として、戦地に残されてしまった女性たちを集めて組織された看護部隊の纏《まと》め役《やく》となり、屋敷内の大広間に簡易的に作られた野戦病院で働き始めた。

もちろん貴族令嬢であるコレットは断ることもできただろうし、この地から逃げ出すこともできただろう。

けれどもコレットは、それを選ばなかった。

もしエルランジェ王国軍が負ければ、この場に残ったコレットは殺されるか、敵兵士たちに陵辱され死よりも恐ろしい目に遭わされることになるだろう。

そのことに、恐怖しなかったわけではない。

だがどうしても、父の仇をとりたかった。

あんなにも優しく善良な父が、無惨に殺されその遺体を晒され辱められた。

そのことが、コレットにはどうしても許せなかったのだ。

そしてコレットがエルランジェ王国軍に協力することで、父を殺したフォルタン王国軍に少しでも損傷を与えられるなら、間接的に仇討《あだう》ちになるのではないかと考えたのだ。

第三王子のベルトラン曰《いわ》く、なんでも父を喪《うしな》いながらも健気に働く高貴な貴族令嬢《コレット》の姿は、兵士達の士気を煽《あお》るのにも役に立つらしい。

何かがあった時すぐに自害ができるよう、小刀《ナイフ》を常に携えながら、コレットは野戦病院で必死に働いた。

だが人があまりにも簡単に死んでいく現場は、血などまともに見たことがない甘ったれた子爵令嬢のコレットにとって、地獄だった。

医療品も寝台も何もかもが足りないため、床に藁《わら》を敷いただけの場所に、傷ついた兵士たちを寝かせねばならないことも辛かった。

戦争が長引くにつれ、少しずつ物資も送られてくるようになったが、本当に必要なものが必要なだけ補給されるわけではない。

それらの管理、配分もコレットたちの仕事だった。

毎日目の前の凄惨な光景に嘔吐《おうと》して、吐くものがなくなったら現場に戻り、軍医の指示に従って朝から晩まで傷病兵の手当てや看護にあたる日々。

それでも一ヶ月も経《た》てば、血にも傷にも汚物にも人の死にまでも慣れてきた。

それどころか人を睨《にら》みつけ、毅然《きぜん》と言い返し、必要とあらば声を荒らげることすらできるようになった。

そうでなければ痛みや心的外傷で興奮状態の傷病兵相手に、手当てや看病などできない。

極限の状態に置かれることで、コレットは徐々に強かになっていた。

どうやら自分は、思いの外図太い性格をしていたらしい。

その一方で、やはり脱落していく女性達も多い。繊細で優しい性格の娘には厳しい世界だ。

寂しくは思うが、それは仕方のないことだ。環境に適応できる能力にも個人差がある。

コレット自身も、時折逃げたくなることがある。己の無力さに涙することもある。

それでも必死に、目の前の地獄に食いついた。

なんせフォルタン王国は、友好国であるはずの我が国に宣戦布告もなく突如攻め込んでくるような、野蛮な国だ。

そんな国に征服されてしまったら、この破壊されたメルシエの街のような光景がこの国の全土に広がることになる。

国民たちだって、どのように扱われるかわかったものではないのだ。

だからこそ兵士たちは、この国のため、国民たる自分たちのために戦ってくれているのだ。

(負けられない戦いなんだもの……！)

後方でただ守られているわけにはいかない。自分にできることがあるのなら、なんだってする。

そうして身分のある貴族令嬢である若く美しいコレットが、平民に混じり汚れ仕事も躊躇《ちゅうちょ》せずに対応するその姿に、多くの将校や兵士たちは感銘を受けた。

まさにベルトランの目論見《もくろみ》通り、コレットはこの戦場において愛国心の象徴となり、この地を守らんとする兵士たちの気持ちを鼓舞することに一役買うこととなったのだ。

だが戦況は変わらず、メルシエの街での膠着《こうちゃく》状況が続いていた。

なかなか終わりが見えないまま、ここでの戦闘は半年以上続いた。両軍ともに、徐々に摩耗していくのがわかる。

そんな中、ある日一人の将校がコレットの働く野戦病院に運ばれてきた。

なんでも哨戒《しょうかい》中にフォルタン軍の特殊部隊から奇襲を受け、重傷を負ってしまったらしい。

腹に深い傷を負った彼は、その雰囲気や身に纏《まと》った装備品などから、他の兵士たちとは身分が違うことが一目で分かった。

明らかに貴族階級、しかもかなりの高位と思われる。

おそらくは彼を暗殺するために、その奇襲は行われたのだろう。

「お貴族様の治療や看護なんて、とてもできません……！」

どんな理由であれ、平民が貴族を少しでも傷つければ、死罪だ。

平民階級の女性たちはそのことを恐れ、彼を担当することを拒否した。

戦場においても、身分によるさまざまな格差がある。

看護部隊にいる平民階級の女性たちが見下され、一部の下劣な兵士たちに卑猥《ひわい》な言葉をかけられたり、乱暴されたりすることは、日常茶飯事だった。

一方で彼らはコレットには絶対に手を出さない。コレットが貴族階級にあるからだ。

無意識下にちゃんと獲物を選んでいるあたり、さらに腹立たしいとコレットは日々思っている。

「では、私が対応します」

そんなギリギリの状況で働く彼女たちに、これ以上の精神的負担をかけるわけにはいかない。

そのため、彼と同じ貴族令嬢であるコレットが彼の専属となった。

運ばれてきた将校の血に塗れた軍装を手早く解き、傷口を確認して消毒すると、彼は小さく呻《うめ》いた。

「痛いですよね。でも痛み止めはないんです……。ごめんなさい」

長引く膠着状態に、何もかもが不足していた。医療品も食糧もあらゆる消耗品も。

「いや、大丈夫だ。大の男がみっともない声を出してすまない」

そんなことを殊勝に言われ、コレットは驚く。

痛みに耐えかねた兵士に罵倒されることも多いのに、彼は一切そんなことはしなかった。

やがて疲労からか目の下に濃い隈《くま》がべっとりついた軍医がやってくると、ささっと彼の傷口を確認し、コレットに指示をする。

「うん。内臓までは到達していないみたいだね。これくらいなら大丈夫だ。ではコレット嬢。あとはいつも通りに任せたよ」

軍医は診断を下すと、その場をすぐに後にした。なんせ彼の診察を待つ傷病兵は多い。

「……あっさりしたものだな」

唖然《あぜん》とするその将校に、コレットは小さく笑いを漏らした。

「それでも先生の診察は確かです。負った傷の度合いによって優先順位《トリアージ》をつけなければ、とてもではないですがこの病院は回らないんですよ」

だから現在命があっても命の助かる可能性の低い兵士は、治療せずにそのまま放置される。助からない命に割く資源《リソース》はここにはないからだ。心苦しいが仕方がない。

その判断において、あの医師は大変優れていた。

彼が生き延びると判断した兵士たちは、実際にそのほとんどが助かっている。

「つまりあなたは、大丈夫ということです」

コレットがそう言えば、彼は安堵のため息を吐いた。

「それでは傷口を縫います。かなり痛むと思いますので、舌を噛《か》まぬようこの手巾を噛《か》み締《し》めていてください」

コレットはこういった時のために持っていた手巾を渡す。

傷病兵が多すぎて手が回らないため、コレットはその負傷の程度により、軍医から医療行為を任されていた。

通常時ならば許されぬ行為なのだろうが、今は緊急事態だ。仕方がない。

「分かった。……だが、まさか君が縫うのか？」

「ええ。そうです。これでも先生より早くて綺麗だと評判ですのよ。なんせ花嫁修業で散々針を持たされていましたから」

コレットが少し得意げに言えば、その将校は小さく吹き出し笑い声を漏らし、震えた腹筋のせいで傷が開いたのか『痛い……』と呻いてまた笑った。

たしかにまさか花嫁修業の一環として身につけたはずの裁縫や刺繍《ししゅう》の腕が、人間を縫うのに役立つことになるとは、コレットとて夢にも思わなかった。

人生とは、何がどう転ぶかわからないものである。

「――では、いきます」

「よろしく頼む」

そして彼が口に手巾を咥《くわ》えたことを横目で確認すると、火で炙《あぶ》って消毒した針と煮沸した糸で手早く傷口を縫い合わせた。

最初の頃は震える手で泣きながら縫ったものだが、この数ヶ月でそんな可愛げなど吹っ飛んでしまった。

手早く容赦無くやってしまった方が、患者にも負担が少ないのだ。

将校はコレットが彼の傷を縫い合わせている時ですら、軽く眉を顰《ひそ》めるくらいで呻《うめ》き声《ごえ》ひとつあげなかった。

極限の状態であったろうに、最後まで耐え切った。

糸の端の処理を行い、口の手巾を外してやると、彼は深く息を吐いた。

そこでコレットは大丈夫かと、ここに来て初めて傷口ではなく、彼の顔をしっかりと窺《うかが》い見てしまった。

「ひえっ……」

そして今更ながら、彼がとんでもない美形だということに気付いた。

痛みに耐えたせいか、汗ばみ若干赤らんでいる顔が壮絶に色っぽい。

「どうした……？」

不思議そうな顔で、上目遣いで問うてくる彼が、あまりに艶っぽく妖しくて。

コレットの心臓が早鐘のように鼓動を打ち、残された体力を削り取った。

（魂が口から出てしまいそう……！）

戦場に美形は無駄である。こんなところでときめいて心臓に負担をかけてどうするのか。

「い、いえ。治療に必死で今の今まで気付かなかったんですけど、あなたがあまりに美しいお顔をされているので、びっくりしてしまったんです」

傷口ばかり見ていたと、あわあわしながらコレットが言うと、なんだそれはと言って、彼はまた少しだけ笑った。

それは生贄《いけにえ》を前にした魔王さながらの邪悪な笑みだった。思わずコレットの背筋が伸びる。

そういえば共に働く女性たちが言っていた気がする。迎撃軍の将校の中にとんでもない美形が一人いるのだと。

しかも正統派の美形ではなく、闇の貴公子っぽいとか、危険な香りがするっぽいとか、好き放題色々と言われていた。

コレットは美形の男に特段興味がなかったので、『ふうん、凄いのねえ』などとやる気なく相槌《あいづち》を打ったくらいで、これまで気にしたことはなかったのだが。

（確かにこれは凄いわ……！）

去年初めて社交界に出た際、美しい女性も格好良い男性も何人も目にしたが、彼を上回る人はいないだろう。

しかも血まみれのシャツ一枚の姿でこれなのだ。飾り立てたら一体どうなることか。

（人死にが出そうね……）

彼をめぐって多くの血が流れそうな、どこか恐怖を覚える魔性の美貌である。

「ええと……その……」

そんな彼が眉を下げ、困ったような顔をして話しかけてくる。そんな顔にも色気が溢れている。なんたる破壊力か。

「どうなさいました？」

コレットは深く深呼吸をし、暴れる心を宥《なだ》めつつ平静を装い、慈愛の微笑みを浮かべて聞いてやった。

今の自分は軍所属の看護部員なのである。

たとえ絶世であっても、美形の男にうつつを抜かしている場合ではない。

「……君の名前を教えてくれないか」

（……何故？）

小さな声でボソボソと問われ、コレットは首を傾げた。

呪いの儀式にでも使うのかと一瞬思ったが、そんなことはあるわけがないと思い直す。

人の頭蓋骨とかを手に持っていたら、物凄《ものすご》く似合いそうな見た目であることは確かだが。

訝《いぶか》しげなコレットの表情に気付いたのだろう。彼は慌てて言い訳をする。

「ええと、ほら。君は命の恩人だから……」

「大袈裟《おおげさ》ですわ。私はあなたのお腹《なか》を縫っただけですよ。なすべきことをしただけです」

「いや、本当に容赦が無く躊躇いも無い、素晴らしい縫いっぷりだった。君じゃなきゃもっと痛かったはずだ。だから名前を……」

褒められているのか貶《けな》されているのかわからないが、どうやら彼はどうしてもコレットの名前が知りたいらしい。

「コレットと申します。コレット・ニナ・アングラード」

彼に名前を知られたところで、互いに貴族階級であろうし特段問題はないだろうと、コレットは素直に名乗った。

「アングラード、ということは……」

コレットがこの地の領主の娘であり、父を亡くしたばかりだということに気づいたのだろう。

フェリクスがわずかに眉を顰め、痛ましげな顔をする。

「ええ。だからここで働いているんです」

コレットは胸を張り誇らしげに言った。安易な憐《あわ》れみは失礼だと思ったのだろう。フェリクスは表情を改め、尊敬の眼差《まなざ》しを彼女に向けた。

「それにしてもコレット……コレットか。可愛い名前だ、コレット」

嬉しそうに彼は繰り返しコレットの名前を呼ぶ。

一体何がそんなに嬉しいのかと、コレットはまた笑ってしまった。

「俺の名前はフェリクスだ。ぜひ名前で呼んでくれ」

「そういうわけには参りません」

「頼む……。俺は君に名前で呼ばれたい」

互いに貴族であるならば、本来なんの関係もない未婚の男女が、公の場で名前を呼び合うことなど絶対にあり得ない。

だがここは社交の場ではなく、戦場だ。

互いに命を預け合う限りなく死に近い場所だからこそ、余計に名で呼ばれたいのかもしれない。

――己という個の存在を、忘れられないように。

「わかりました。フェリクス様。ただしたくさん人がいる場所ではダメですよ」

「ああ！　ありがとう……！　俺も君を名で呼んでも良いだろうか」

「ええ、もちろん」

するとと彼は少しだけふわりと口角を上げて『コレット』と甘い声で呼んだ。

思わずコレットは、一瞬息をするのを忘れてしまった。

（この方、本当に危険だわ……！）

普段ほとんど無表情であるが故に、その微笑みの威力が凄《すさ》まじい。

相変わらず何かを企んでいるかのような、黒い微笑みではあるのだが。

「そ、それにしてもお強いですね。フェリクス様。痛くはないのですか？」

彼の無意識下の色香に惑わされそうになったコレットは、それを誤魔化《ごまか》すように慌てて言い募った。

縫っている時や治療の際、暴言を吐いたり暴れたりする人も多いんですよ、と言えば、彼は不快げに眉を顰めた。

「……女性に暴力を振るうなど……。俺の配下なら懲罰ものだ」

「仕方のないことですよ。普段はどんなに温厚な人でも、追い詰められている時には感情の制御が難しくなるものですから。……つまりこんな状況でもちゃんと我慢できるあなたは、とても強い人だということです」

コレットが微笑みながら言えば、彼は少し困った顔をした。

「……だって、格好が悪いじゃないか」

「はい？」

「本当は物凄く痛いが、痛いと喚《わめ》くのは格好悪くて恥ずかしくてもっと嫌だ。だから我慢した」

つまりフェリクスは、見栄《みえ》のために痩せ我慢しているらしい。

そのどことなく幼い物言いに、反抗期に入りかけの見栄っ張りな弟を思い出し、コレットは思わず吹き出してしまった。

弟のオーブリーは体が弱く、すぐ熱を出しては寝込んでしまうくせに、ギリギリまで『大丈夫だ』と言い張るのだ。

魔王のような凄みのある見た目をしているくせに、素直にそんなことを言ってしまう彼が、実に格好悪くて可愛くて。

「我慢できて偉いですね！」

コレットは思わず弟に対するような気安い言葉をかけ、淑女としてはしたなくも、けらけらと声をあげて笑ってしまった。

フェリクスは驚いたように目を見開き、それから照れたように俯《うつむ》いてしまった。

そしてコレットは、なるほどと理解した。

フェリクスはあまりにも外見と中身の格差《ギャップ》が有りすぎるのだ。

こんな人を惑わす淫魔のような見た目をしながらも、中身はごく普通の善良な男性という。

「……そんなに笑わなくてもいいじゃないか」

笑いが止まらなくなってしまったコレットに、フェリクスはちょっと拗《す》ねたように唇を尖《とが》らせ、けれども耳を真っ赤にしていた。

そんな姿もとても可愛い。年上の男性を、こんなにも可愛く思えてしまうなんて。

――コレットがフェリクスに恋をしたのは、多分この時だ。

◇◇◇◇

「その怪我を負った将校、というのが俺か」

「はいそうです。その時のフェリクス様がもう、可愛くて可愛くて」

思い出してついコレットがにまにまと笑うと、フェリクスはちょっと唇を尖らせ、拗ねたような顔をした。

その顔がまたあの時の表情にそっくりで、コレットは堪えきれず、小さく声を出して笑ってしまう。

「なるほど。知らぬ間にできていた、この腹の傷痕の理由がわかった」

「そう。私が縫ったんですよ。その傷」

「コレットは本当に縫い物が得意なんだな。道理で綺麗な縫い目だ」

ガウンの合わせを開き、フェリクスが当時の傷痕を見せてくれる。

うっすらと赤く盛り上がって残るその傷は、確かに思ったよりも綺麗だった。

コレットが顔を近づけ、癒えたその傷をしみじみと見て「確かに綺麗ですね！」と自画自賛しつつフェリクスを見上げたところで。

彼の逞《たくま》しい胸筋と、麗しい顔で視界がいっぱいになってしまい、鼻血を噴きそうになった。

何やらとんでもないものを見てしまった気がする。絶対に寿命が縮むか伸びるかしたはずだ。

お願いだから彼にはもう少し、自分の見た目の凶器ぶりを自覚してほしい。

「多分俺も、そこでコレットに恋に落ちたんだろうな」

そしてしみじみとフェリクスは、半ば確信に満ちた声でそんなことを言った。

それで逆にコレットの浮かれた頭が、一気に冷えた。

（……本当にそうだったのなら、どんなに良かったかしら……）

そうしたら今、二人の間には幸福しかなかっただろう。

コレットの胸が、罪悪感でじりっと焼けた。

――だって恋に落ちたのは、本当はコレットだけであったから。

「出会いのことは分かった。次は俺たちが結婚するまでの経過が聞きたい」

フェリクスに請われ、コレットの胸がまたずきずきと痛んだ。

残念ながら、そんな素敵な続きはなかった。

（……でも、何とかうまく誤魔化さなくちゃ……！）

この場所に、少しでも長くいたい。あわよくば、彼の妻のままでいたいのだ。

「ええと、それからフェリクス様と私は少しずつ仲良くなりまして――」

コレットは頭を必死に回転させ、作り話混じりのその続きを必死に紡ぎ始めた。

◇◇◇◇

傷口を縫った夜から、フェリクスは高熱を出した。

予測はしていたものの心配になったコレットは、時間が許す限り彼の元へ行き、適宜水分を摂《と》らせ、汗を拭き、熱を下げるために濡らした手巾で首や脇を冷やし、こまめに傷口に当てた布を替え、意識をこちら側に止めるために必死に話しかけた。

「フェリクス様……」

名前を呼ぶたびに、熱に浮かされながらも彼はうっすらと目を開け、嬉しそうにわずかに頬を緩める。

「大丈夫です。もうすぐ良くなりますよ」

これ以上高熱が続けば危険だと医師に言われても、コレットはひたすら前向きな言葉だけを彼に吐き続けた。

高熱は三日目にしてようやく下がり始め、その後フェリクスが普通に歩けるようになるまで、さらに十日を要した。

その間もコレットは、フェリクスの面倒をつきっきりで見ることになった。

自分ばかりが彼のそばにいるのも、いらぬ警戒や誤解を持たれそうだと思い、一度は他の女性に役目を代わってもらおうとしたのだが。

『ああいう災害級の美形は、遠くから眺めるに限ります』

などと言われ、断固として断られてしまった。

確かにフェリクスは国を滅ぼしそうな見た目をしているが、中身は至ってごく普通の、魔性どころかむしろ善良な男性である。

そのおかげでこの国は救われた気がする。外見と中身が一致してしまっていたら、きっと彼を巡って色々と大変なことになっていただろう。

だがそのせいで彼が若干の生きづらさを感じているであろうことも、コレットは気付いていた。

(私だけはフェリクス様の身分や顔にとらわれず、できるだけ普通に対応しよう)

腫れ物に触るような扱いをされるよりも、きっと彼もそれを望んでいるはずだ。

コレットは心頭滅却して、できるだけ他の患者に対するのと同じように、フェリクスを扱った。

「うん。傷も綺麗に塞がりましたね。破傷風にもなりませんでしたし。もう大丈夫ですよ」

若さと体力だろうか。傷口はあっという間に塞がり抜糸も無事終わって、包帯も外れた。

コレットは安堵した。小さな傷でも、そこから破傷風を発症し死に至る兵士は少なくない。

医療の衛生環境は、傷病兵の生存率に比例するのだ。

「お、フェリクス生きてるかー？」

コレットがフェリクスの傷の確認をしていると、突然背後から声をかけられた。

驚いて振り向けば、そこにはエルランジェ王国軍を率いる将軍であり、この国の第三王子であるベルトランがいた。

「……ベルトラン殿下」

コレットは臣下として慌てて腰を折り、深く首を垂れる。

「はい。傷も塞がりましたし、歩くのにも問題ありません」

「そうか。そいつは良かった」

そう言ってベルトランはにかっと明るく笑った。

相変わらず野生的なお姿で、乙女が抱きがちな王子様の概念をぶち壊してくれるお方だ。

だが明るく面倒見が良く、かつ冷静なその性格から、兵士たちの信頼は厚い。むしろ信奉されていると言っていい。

側から見ると、若干暑苦しいのであるが。

ベルトランはそれからすぐに真顔になり、がしがしとむさ苦しい金褐色の髪を掻き毟《むし》った後で、口を開く。

「あー、それからお前の居場所の情報をフォルタンに流した斥候が見つかったぞ。お前の部隊に配属されていたディディエだ」

彼らの会話は、明らかに機密情報である。

このまま自分が聞いて良いものではないと判断したコレットが席を外そうとすると、「大した内容じゃないからそのままでいい」とベルトランが声をかけてくれた。

「……そうでしたか。妙に部隊外の情報を欲しがるので、若干怪しんではいたんです」

「だがディディエの奴は三年以上我が軍にいたからな……。つまりはそれ以上前からフォルタンは、この戦争を計画していたってことさ。ふざけやがって」

苦々しく吐き出された言葉に、コレットは絶句する。

それではフォルタンの手の者が、どれだけエルランジェ王国に入り込んでいるかわかったものではない。

そもそも友好国だったため、戦争前は両国間の人の行き来がそれなりにあったのだ。

「疑心暗鬼になっちまうよなあ、本当に」

「――それで、ディディエはどうなりました？」

「尋問しようとしたら隠し持っていた毒を飲んで死にやがった」

「死なせてしまったのですか。尋問担当の失態ですね……」

フェリクスの眉間に深い皺《しわ》が寄る。できれば他の仲間の名を吐かせたかったのだろう。

なんせ彼は漏れた情報により、奇襲に遭い死にかけたのだから。

これ以上の情報が敵国に流れ、こちら側が不利になるのは避けたいはずだ。

「もう歩けるんだろ？　だったらそろそろ現場に戻れ。お前がいないとどうも締まらん」

「お待ちください……！　まだ無理ですわ……！」

ベルトランの言葉に、不敬だと知りながらも思わずコレットは声をあげてしまった。

いくら傷が塞がったとは言え、その皮膚の下は癒え切ってはいないであろうし、まだしばらくは療養が必要だろう。

コレットの言葉に、ベルトランは片眉を挙げる。普段は気さくな男だが、やはり支配する立場にあるからか、威圧感が凄まじい。

だがコレットは、負けてたまるかと必死にその目を見返した。未だ傷の癒えていない怪我人《けがにん》を戦場に送り返すなど冗談ではない。

「だってよ、フェリクス。お前はどう思う？」

面白そうに笑いながら、肩をすくめてベルトランがフェリクスに問う。

「問題ありません。明日には、戻ります」

「そうか。わかった。お前の部隊に伝えておくよ。まずは裏切り者どもを燻《いぶ》り出さねばな」

そしてコレットを咎めることなく、じゃあな、と言ってベルトランはその場を後にした。

コレットは呆然と立ちすくむ。今戦況は一進一退だ。少しでも戦力が欲しいことも理解できる。

けれどもフェリクスは、まだ歩くことがやっとという状況なのだ。

きっと、見栄っ張りで頑張り屋な彼のことだ。

痛くても、傷が開いても、きっと顔に出さずに我慢してしまうに違いない。

「大丈夫だ。たとえこの手で戦えなくとも、指揮くらいはできる」

「ですが……！」

「……心配してくれて、ありがとう」

フェリクスの言葉に、コレットは泣きそうになるのを必死に堪えた。

フェリクスとは傷ついた彼を治療し、看護しただけの関係だ。

医療従事者と患者以上の何物でもない。

よって自分にはこれ以上彼に何かを言う権利も、彼に心を砕く権利もないのだ。

「……わかりました。どうかご無事で」

フェリクスは嬉しそうに目を細め、本当にその日のうちに前線へと戻っていってしまった。

これまで数え切れないほどの傷病兵を、ここから送り出してきたというのに。

その後ろ姿にこんなにも胸が潰れそうな思いをするのは、初めてだった。

コレットにとってフェリクスは、知らぬ間にすっかり特別になっていたのだ。

（……馬鹿だわ。私）

コレットは涙を堪え、両手で顔を覆う。

不謹慎にもこんな状況で、コレットは生まれて初めての恋に落ちてしまった。

その後、徐々に戦況はエルランジェ王国軍側に傾き始めた。

今回の件をきっかけに、軍内の斥候が徹底的に排除され、フォルタン軍に軍事機密が流れなくなったことも大きかったのだろう。

フェリクスは時折戦場から迎撃軍の本拠地であるアングラード子爵邸に戻ってきて、病院で働くコレットに声をかけてくれる。

『元気か？』『無理していないか？』『兵士たちから暴言や暴力を受けたらすぐに言ってくれ。すぐに片付けるから』

それまでは看護をしてくれる女性たちに対する、兵士たちの性的な嫌がらせや暴言が多々あったのだが、そんなフェリクスの頻繁な来訪及び声がけにより大幅に減った。

軍隊は命令系統が明確で、上下関係が非常に厳しい。

そんな中で将校である彼が、看護部隊の女性たちをあからさまに気にかけているのだ。

よって他の兵士たちも女性達に対し一線を引き、敬意を持って接してくれるようになった。

どれほど女性たちが抗議してもちっとも直らなかったのに、身分ある将校の一声で場の状況が劇的に改善したことに対し、少々思うところがないわけではないが。

「ありがとうございます。フェリクス様」

ありがたくて、コレットはフェリクスに心からの礼を言った。

フェリクスは、なぜ自分が礼を言われているのかわからないような顔をしていた。

彼の中では、それらは当たり前のことであり、あえて礼を言われるような事ではないとでも思っているのだろう。

本当に、素晴らしい人格者であると思う。

フェリクスとは短い時間しか共に過ごすことはできなかったが、コレットにとって彼との交流は日々を頑張る活力になった。

結局その後、アングラード子爵領は三ヶ月もの間戦場となったが、とうとうフォルタン王国軍が後退を始め、戦線が国境側へと大幅に移動したことにより、拠点もまた移動することとなった。

つまりそれはアングラード子爵邸がようやくコレットと家族の元へ戻り、この領地もまたフォルタン王国から解放され、子爵家に返還されるということだ。

流石《さすが》にこれ以上妙齢の貴族令嬢を従軍させ、働かせるわけにはいかないというベルトランの判断により、コレットもまたここで看護の仕事から解放されることとなった。

そのまま働きたい気持ちもあったが、確かにこれからまだ幼い病弱な弟と彼につきっきりの母の代わりに、アングラード子爵家の名代として、領地の復興を考えなければならないのだ。

（頑張らなくちゃ……！）

今や家族の中でまともに動けるのは、コレットだけなのだから。

これ以上の従軍は難しいだろう。彼らの無事を祈るしかない。

軍は徐々に新たな拠点へと移動していき、一年近くこの戦争の最前線だったメルシエの街は、少しずつ静けさを取り戻していった。

「コレット。少し良いだろうか」

そしてある日、コレットは殿《しんがり》として最後まで残っていたフェリクスに呼び出された。

すでに兵士の姿がまばらとなった子爵邸の、植えられていた薔薇が全て刈り取られ丸裸となった寂しい庭園。

その中央にある、もう二度と水を吐き出すことはないだろう壊れた噴水の前にある四阿《あずまや》の中に置かれた長椅子《ベンチ》に、微妙な距離をとって二人は座った。

もう会えなくなるからと、コレットは彼の尊顔をしっかりと目に焼きつける。

疲れは見えるものの、相変わらず素晴らしい造形である。

「俺も明日の朝、ここから発《た》つことになった」

「……そうですか。寂しくなりますね」

とうとう迎撃軍は、ここから完全撤収となるらしい。

フォルタン軍に押し返されない限り、もう軍が戻ってくることはないだろう。

――もちろん、軍将校であるフェリクスもまた。

わかっていたことだった。むしろ戦況が好転したのだから、喜ばしいことのはずだった。

それなのにコレットは、寂しくてたまらなかった。

ここに軍が常駐してくれたからこそ、コレットは安心して日々を過ごすことができていた。

フェリクスがいてくれたからこそ、屈強な兵士たちを前にしても、恐れる必要がなかった。

「……それで、君に渡したいものがあるんだ」

フェリクスは緊張した面持ちで、何かを握りしめた拳をぐっとコレットに差し出した。

表情が乏しい彼が緊張しているとわかるのも、共に過ごした時間のおかげである。

顔以外は普段淡々としている彼が、実に珍しい。

(……フェリクス様、一体どうなさったのかしら？)

とりあえず求められるまま、コレットは貴族のご令嬢のものとは思えぬあかぎれだらけの手を、そのフェリクスの握りしめた拳の下に広げた。

そして、そこにポトリと落とされたものは。

(……指輪？)

それほど大きくはない、けれども美しい赤い宝石のついた指輪だった。

(柘榴石《ガーネット》かしら？　それとも紅玉《ルビー》？　でもどちらともちょっと違う気もする……)

子爵令嬢として、それなりに宝石を見る目は持っているつもりだが、そんなコレットであってもこれが何の宝石かわからない。

「コレット。どうかこれを受け取ってくれないか?」

「……え?」

一体何を言い出すのだと、コレットは目を見開いた。

第二章　騙すつもりはなかったんです

「なるほど。その時に俺は君に求婚をしたんだな」

「ええと、まあ、はい」

「そして君はそれを受け入れてくれた」

「まあ、ええと、はい」

フェリクスは、勝手に都合の良い解釈をしてくれた。

思ったよりも想像力が豊かなようで、ありがたい限りである。

おかげでコレットは、適当に相槌を打つだけでこの話を終えることができた。

「ちなみにいまだにわからないのですが、この指輪の宝石って、何なのですか？」

コレットがランプの灯《あか》りに左手を翳《かざ》し、薬指にある指輪の宝石を炎の光に反射させる。

するとその宝石は、キラキラと素晴らしい屈折率で輝いた。

やはりその輝きは、柘榴石や紅玉とは思えない。

「――それは赤金剛石《レッドダイヤモンド》だ」

「…………はい？」

「金剛石鉱山を保有している我が国でも、おそらく十も存在を確認されていないと思う。王室にいくつかと、貴族の家に家宝としていくつかあるくらいだ」

「…………はい？」

フェリクスの言っていることが、よくわからない。いや、頭が理解したくないと言っている。

つまりこの指輪の石、とんでもない価値があるらしい。

下手をすれば王都の一等地に、大きな屋敷がどんと建ってしまうくらいの。

そんな国宝のような逸品を、平然と呑気《のんき》に毎日身につけていた自分。

（ひい…………！）

物を知らないということは、時に幸せであったりする。

もう二度とこの指輪を日常使いにはすまいと、コレットは誓った。

「代々バシュラール公爵家の女主人が引き継ぐもので、母上の形見でもあった。いずれ結婚する女性に渡しなさいと言われ、何となくお守りのような感覚で俺が肌身離さず持っていたものだ」

おそらく亡くした母の縁《よすが》として、持ち歩いていたのだろう。

戦場で亡くなった兵士たちは、不思議と皆、死を前にして、母を呼ぶことが多かった。

まるで幼子が、母に助けを乞うように。

人一人が大人になるまでに掛かった時間、手間、そして注がれた愛。

それがあっさりと、あまりにもあっけなく消されてしまうのだ。

兵士たちの母を呼ぶ声を聞くたびに、コレットは胸が痛くてたまらなかった。

フェリクスも彼らと同じように、戦場で亡くした母を身近に感じていたかったのかもしれない。

(だからなぜそんな大切なものを、私なんかに渡してしまうのよ……!)

命を救ったことに対する対価としては、あまりに重すぎるだろう。信じられない。

指輪をもらったその後すぐのやりとりを思い出し、コレットは頭を抱えそうになった。

『待ってください! こんな高価なもの受け取れません……!』

当時はその赤い宝石が何かはわからなかったが、使用されている地金は明らかに白金《プラチナ》であるし、赤い宝石の周囲に散らばされているのは、無色の金剛石《ダイヤモンド》だった。

しかもその細工も一流の職人によるものであろう、素晴らしいものだった。

――つまりこれは、間違いなくとんでもない高級品である。

だからコレットは慌てて首を横に振り、ちゃんとフェリクスに指輪を返そうとしたのだ。

だが彼は頑として受け取らず、それどころか指輪の乗せられたコレットの手を両手で包み込んで、握らせた。

『君は俺の命を助けてくれた。それなのにまだ何も礼をできていなかったから……』

『それは元々私のすべきことで、お役目なんです。お礼が欲しくてしたことではないんですよ』

『だが金に変えられそうなものが、今はこれしかないんだ。すまない』

『ですから、本当に何もいりません。私は自分のなすべきことをしただけですから』

『君は優しいな。だがどうか受け取ってほしい。母の形見なんだ』

『そんな情報を聞いたら余計に受け取れませんよ……！』

困ったようにフェリクスは眉を下げた。それだけでとんでもなく悪いことをしてしまったような気になるから、コレットも困ってしまう。

『……もし俺が戦場で斃《たお》れたら、この指輪は俺を殺したフォルタン軍の兵士に奪われるだろう？　それなら君に持っていてほしいんだ』

『フェリクス様……』

それならば理解できた。戦死した遺体は、略奪の憂き目に遭うことが多い。

明らかに貴族階級に見えるフェリクスならば、尚更身ぐるみを剥《は》がされるだろう。

『わかりました。それなら受け取らせていただきます』

確かにそんな大切なものを、憎きフォルタン軍などに渡したくはあるまい。

コレットが受けとると、フェリクスはいつもの死んだ魚のような気怠《けだる》げな目を、珍しく嬉しそうに輝かせた。

確かに死を間近に感じると、人間は自分という存在をどこかに残しておきたいと思うものなのかもしれない。

『ただし、預かるだけですよ。必ず生きて帰って、私のところに受け取りに来てくださいね』

コレットがそう言うと、彼は目を見開いて驚いたような顔をし、それから少し複雑そうな、けれども嬉しそうな顔をした後で。

『わかった。……ありがとう』と小さな声で言ったのだ。

つまりは求婚など一切、全くもってされていない。

ただ戦場で失くしたり奪われたりすることを避けるため、コレットはこの指輪を一時的にフェリクスから預かっていただけなのである。

ふつふつと湧いてくる罪悪感を、コレットは深く息を吸って吐いて誤魔化す。

「記憶はないが、俺が自らその指輪を渡したということは、正式な結婚はしていなくとも、君を妻として望んでいたことは間違いないらしい」

実は間違いでしかなかったが、コレットは小さく俯いた。

きっと彼からは、恥ずかしそうに頷いた様に見えるだろう。

「それから君は、どうやってこの屋敷に来たんだ？」

アングラード子爵邸ではなく、コレットがこのバシュラール公爵邸にいた、その理由。

「……弟が病気になってしまったんです」

コレットは居た堪《たま》れなさに　身を縮ませた。戦争が終わり、ようやく解放されたというのに。
「私の愛する街メルシエは、酷いものでした」

◇◇◇◇

コレットの生まれ育った街は、軍が撤収したら、ただの瓦礫の山になっていた。

完全に残っている建物など、ほとんどない。

領民もまた戦火を逃れ他の地へと流れてしまい、ほとんど残っていなかった。

もう滅びたといって良いだろうメルシエの街を、コレットは一人呆然と見つめていた。

街の外もまた、あったはずの実り豊かな畑も家も何もかもが失われ、焼け野原になっていた。

復興したくとも、もはやどこから手をつけていいのかすらわからない。

戦争被害による補償のため、領地の様子を見にくるという国からの使者を待ったが、一ヶ月以上経っても何の音沙汰もなかった。

おそらくまだ戦争が終わっていないため、復興に回す資金も人手もないのだろう。

何の補償も受けられず、略奪を受けて何もなくなったがらんどうのような屋敷の中で、コレットは途方に暮れていた。

領地が解放されたからと、久しぶりに屋敷に帰ってきた母と弟も、その悲惨な状況を見て愕然《がくぜん》とし、悲しみに打ちひしがれていた。

家族で暮らしていた、慎《つつ》ましくも美しいアングラード子爵邸は、もうどこにもなかった。

（これからどうしたらいいのかしら……）

この戦争が、いつまで続くかもわからない。

戦争に伴う物価高騰及び通貨膨張《インフレーション》によって、山荘に避難する際に持ち出した金銭では、復興どころか長期の生活費にすら足りない。

仕方なく一度家族で山荘に戻ったところ、そこはもうもぬけの殻だった。

美術品や家財道具、食糧の備蓄など、そのほとんどを使用人たちに持ち逃げされていた。

彼らはこれ以上アングラード子爵家に仕えていても、旨《うま》みがないと考えたのだろう。

戦時下で、誰もが生きることに必死だ。そんな中で良心など、何の役にも立たない。

仕方がないことなのだろうと思う。――だがそれでも。

やはり信じていた使用人たちの裏切りによる、精神的な衝撃は大きかった。

使用人が裏切るだなんて、これまで考えたこともなかったのだ。

図らずも己の世間知らずぶりを露呈してしまい、コレットはより惨めな気持ちになった。

気が弱くお嬢様育ちの母は、幼く病弱な弟の養育で精一杯だ。

よって家族が生き残るためには、コレットが頑張るしかなかった。

戦争さえ終われば、土壌が豊かなこの地に、きっと領民たちが戻ってくるはずだ。

(だからそれまでは、なんとしても生き残らなくちゃ……!)

あの地獄のような戦場での日々は、コレットを強かにしていた。

ありがたいと思うべきか、山荘にはベッドなどの大きな家具は残されたままだった。

おそらく重くて運べなかったのだろう。そのため雨に濡れず寝られる場所は確保できた。

長く平民たちに混ざり働いてきたおかげで、コレットは使用人がいなくとも火を熾すことができたし、清掃や簡単な料理などもできるようになっていた。

人の住んでいないこの場所では、物資を手に入れることすら難しい現状だ。

だからコレットは数日に一度、朝早くに山荘を出て半日以上かけて歩き隣の町に行き、食料品や消耗品を買った。

できる限り節約をし、売れそうなものは売り払い、細々と食い繋《つな》ぐ日々。

だが数ヶ月経てば、それもいよいよ限界が近づいていた。

自分の部屋の寝台に転がって、コレットはこれからのことを考える。

(……もう、このアングラード子爵領から離れるしかない……)

王都に行けば、領地の屋敷よりは小さいが、社交時期用の別邸がある。

もちろんアングラード子爵家の凋落《ちょうらく》に気付かず、管理人が真っ当に管理してくれていたならば、だが。

すっかり人を信じられなくなっている自分に、コレットは失笑する。

（でも、その王都まで行く旅費すらないわ……）

自分一人であれば、何とかなったかもしれない。

だがお嬢様育ちの母と病弱な弟を近くの街まで半日以上歩かせ、そこから乗合馬車に乗せて何日もかけて移動するのは難しいだろう。

（あー！　後ろ向きになっちゃだめ！　前を向かなきゃ……！）

母も弟もコレットを頼りにしている。自分が暗い顔をしていたら二人も引きずられてしまう。

コレットは起き上がると私物の入った鞄《かばん》の奥に、隠すように手巾に包んで隠していた指輪を取り出す。

相変わらずキラキラと、その指輪の宝石は薄暗いランプの灯りに照らされて輝いた。

（本当に綺麗……）

辛い時や苦しい時、コレットはフェリクスから預かったこの指輪の宝石を眺めるようになっていた。

そしてフェリクスも戦場で頑張っているのだから、自分も頑張らなければと、決意を新たにするのだ。

――しかし、それにしても。

（………因《ちな》みにこの指輪って、実際どれくらいの価値があるのかしら）

もし高価なものであれば、いっそこの指輪を売ってしまえば、家族はしばらく生き延びられるのではないだろうか。

生活の苦しさからふとそんなことを考えてしまったコレットは、慌てて首を振りその思考を打ち消した。

(だめよ……！　これは貰ったのではなくて、預かっているんだもの……！)

これは戦争が終わってフェリクスが戦場から帰ってきたら、ちゃんと返さなくてはいけないものだ。

だからどんな理由があっても、勝手に売り払うわけにはいかない。それでは窃盗になってしまう。

(……貧しいことって、こんな弊害もあるのね)

貧すれば鈍するということを、我が身をもって思い知ることになるとは思わなかった。

生活苦というのは恐ろしい。これまで真面目に生きてきたというのに、犯罪に手を染め、恋の思い出まで売り払おうなんて考えてしまうのだから。

(やっぱりこの指輪を売るという選択肢はないわ……)

あの優しいフェリクスを、裏切るような真似はできない。

そこまで人として落ちぶれたくはないのだ。

やはり母と弟を連れてなんとか隣町に移住し、働き口を探そう。そう考えていたのだが。

何もかもが足りない厳しい生活の中、元々体の弱い弟のオーブリーが、とうとう体調を崩し寝台から動けなくなってしまった。

微熱が続き、咳《せき》が止まらない。呼吸すらもひどく苦しそうだ。

母がつきっきりで看病しているが、しばらく経っても病状が好転することはなかった。

「ねえさま……ぼく、しにたくないよ……」

いつも生意気なことしか言わないオーブリーが、自分と同じ緑色の目からポロポロ涙をこぼしてそう言った時。

コレットは込み上げてくる嗚咽と涙を堪え、必死に微笑みを作るしかなかった。

「何を言っているの、オーブリー。大丈夫よ、すぐに良くなるわ」

その言葉のあまりの空々しさに、きっと聡《さと》いオーブリーは気づいただろう。

「うん。そうだよね……」

だが優しい弟は騙されたふりをして、ただ涙混じりの声で頷いただけだった。

(なんとしてもオーブリーを、お医者様に診せなくちゃ……)

そもそもこのアングラード子爵領には、もはや医者どころか領民すらほとんどいない状態だ。

医者を他領から呼び寄せようにも、そもそも医者を連れてくる交通手段すらない。

なんせこの地には馬車どころか、馬すらもいないのだから。

侵略された際にフォルタン軍に奪われ、わずかに残った馬や馬車も、エルランジェ王国の迎撃軍によって無償で接収されてしまった。

緊急事態には、ありとあらゆる財産が奪われるのだということを、コレットは思い知った。

（そもそも馬車があったとしても御者は逃げてしまったし、私は馬に乗ることもできない……）

状況は、完全に手詰まりだ。ただ焦りだけが募っていく。

どうすることもできないことが、どうしようもなく苦しかった。

戦場で過ごし、人の死には慣れたはずなのに。弟に迫る死の足音には耐えられなかった。

（もう、オーブリーを助ける手段は一つしかない……）

コレットはそっと鞄の奥に仕舞い込まれていた手巾を開き、その中にある指輪を取り出す。

その指輪は相変わらずきらきらと、美しい輝きを放っている。

もしこれを売ってしまったら、戦場から帰ってきたフェリクスがこの指輪を受け取りにきた時、横領であると牢に入れられてしまうかもしれない。

――だがそれでもいい。弟の命には代えられない。

大体意地を張ってこの指輪を売らずに、家族三人ここで飢え死にしてしまったら。

結局は見知らぬ第三者に、コレットの死体からこの指輪を抜き取られておしまいなのだ。

だったら一《いち》か八《ばち》かでも隣町まで行ってこの指輪を売り、馬車を買い御者を雇い、二人を連れて王都に出た方がいい。

王都にさえ出られれば、最悪コレットが身を売って生計を立てることもできるだろう。

没落貴族の娘が高級娼婦《しょうふ》に身を落とすことなど、特に珍しい話ではないのだから。

ありがたいことにコレットは、男性から好意を得やすい見た目をしている。

おそらくはそれなりに良い値段で売れるのではないだろうか。

そんなことを考えながら指輪を見ていたコレットの目から、とうとう涙が込み上げてきた。

父を失い、家財を失い、今まさに神は、コレットから弟までをも奪おうとしている。

何故何も悪いことをしていない自分が、これほどまでに追い詰められねばならないのか。

（……自分を憐んで泣いたところで、何も変わらないってわかっているけれど……！）

それでも生きねばならない。死んだら何もかもおしまいであることを、あの戦場で知っている。

生き残ることは、何にも優先されるべき事項だ。たとえ罪を背負うことになっても。

（……最後に一度だけ、嵌《は》めてみてもいいかしら？）

これまでフェリクスの大切なものだからと、この指輪を自分の指に嵌めたことは、一度もなかった。

いつも手巾の上に置いたまま、上からそっと眺めることしかしなかった。

だがこれで最後なのだ。一度くらい指に嵌めてみても許されるのではないだろうか。

裏切って手放す予定の初恋の縁《よすが》に。

そしてその指輪はコレットの左手薬指に、まるで誂《あつら》えたかのようにぴたりと嵌まった。

「やっぱりきれい……」

本当に美しい指輪だ。コレットは色々な角度から眺めては、うっとりと目を細める。

ああ、けれどきっとコレットのような小娘が売りにいけば、かなり安く買《か》い叩《たた》かれてしまうことだろう。

女性や子供であることで、対等な取引きをしてもらえないことは多い。

けれども他に方法がないのだから仕方がない。

コレットは指輪を抜き、そこでふと、その裏側に文字が刻まれていることに気付いた。

（……あら、なにかしら。バ……シュラール……？）

そこには『バシュラール』の文字と、何らかの紋章が彫られている。

田舎者とはいえ一応子爵令嬢であるコレットは、その名前に覚えがあった。

確か社交界デビューする際に覚えさせられた貴族名鑑のなかに、その名はあった。

（まさか……バシュラール公爵家……？）

それは、この国に四つしかない公爵家の一つだ。コレットはぶるりと身震いをした。

（つまり、フェリクス様は――）

バシュラール公爵家に所縁のある人間だった、ということだろうか。

たしかバシュラール家は武門の家だ。

それを考えればフェリクスがあの若さで少将の地位にいた、その理由もわかる。

そういえば戦場に送られてくる物資の送付元で一番多かったのは、バシュラール家からのものだった。

看護部隊が物資の配分や配布をも一部担っていたから、知っている。

おそらくそれも、フェリクスがあの戦場にいたからだろう。

(だったらこの指輪を、バシュラール家へ持っていくのはどうかしら……?)

ふと、そんな考えが浮かんだ。そうすればおそらくバシュラール家の一員であろうフェリクスの命を助けたという名目で、謝礼をもらえたりしないだろうか。

たとえ謝礼はもらえなくとも、この指輪を元にお金を借りる交渉くらいはできるかもしれない。

なんせバシュラール家は四大公爵家の一角だ。戦時下であってもそれなりに経済的に余裕があるだろう。

(そうよ。絶対にその方がいいわ)

コレットの足元を見る適当な商人に、二束三文で買い叩かれるよりもずっと良い。

そうすればフェリクスの母の形見だというこの指輪は、ちゃんとバシュラール家の所有として残るのだから。

謝礼を期待するなんて卑しくて恥ずかしいことだが、愛《いと》しい弟のためだ。

コレットはもう手段を選んでいられるような状況ではない。

弟の命の前に、己のくだらない自尊心などどうだっていい。

（ごめんなさいフェリクス様……！）

ただ彼の誠意や真心を無下にしたようで、コレットは心苦しさに胸が締め付けられた。

だがどうしても、弟の命を諦めることはできなかった。

思いついてすぐに旅の準備をした。ここからバシュラール公爵領は馬車ですら片道二日ほどかかる。

手持ちの資金もごくわずか。正直無謀な挑戦だと自分でもよくわかっている。それでも。

「お母様。私、お医者様を呼んできます。その間、オーブリーをよろしくお願いいたします」

オーブリーはコレットの大切な弟であり、アングラード子爵家の大切な後継だ。絶対に失うわけにはいかない。

突然旅装で現れ、そんなことを言い出したコレットに、母は頭を深く下げた。

彼女自身、もう他に方法がないことをわかっていたのだろう。

「いつもあなたに頼り切りでごめんなさい、コレット……」

情けない母親で申し訳ないと言って、母の目からぽろぽろと涙がこぼれ落ちた。

娘ばかりに苦労をかけていることを、母はずっと心苦しく思っていたのだろう。

このところ母は拙いながらもコレットに師事し、必死に家事を覚え、ある程度なら家を回せるようになっていた。

コレットが帰ってくるまでの数日間くらいなら、きっと持《も》ち堪《こた》えてくれるだろう。

そしてコレットは山荘近くの街道で、いつもの物資補給部隊が来るのを待った。

彼らがバシュラール公爵領と戦場を行き来していることを、知っていたからだ。

（軍に物資を補給するための拠点となっているくらいだから、やはり豊かな土地なのでしょう）

半日ほど待ったところで、指輪の後ろに刻まれたものと同じバシュラール公爵家の紋章を掲げた荷馬車の隊列がやってきた。

御者の中に顔見知りが数人いて、コレットはほっと胸を撫《な》で下ろす。

そして声をかけるべく、慌てて立ち上がった。

「すみません……！」

出せる限り大きな声で知り合いの御者に声をかければ、ありがたいことに馬車を止めてくれた。

「おや。コレット嬢ちゃんじゃないか。どうしたんだ？」

さらには気さくに声をかけてくれた。

コレットのことを覚えていてくれたらしい。だったら話は早い。

「……バシュラール公爵家へ至急届けなければならないものがあるんです。帰るついでに乗せてもらえませんか？」

御者は驚いた顔をし、その物を渡せば代わりに届けると申し出てくれたか、コレットは首を横に振った。

なんせ自分自身が公爵家に行き、交渉せねばならないのだ。

「フェリクス様からお預かりした大切なものなんです。自分の手で届けないといけないんです」

ここがまだ戦場だった頃、コレットとフェリクスの仲が良かったことを知っていた御者は、どこか不可解そうな顔をしつつも、戦場で物資を下ろしたため空いていた荷台にコレットを乗せてくれた。

「……今、戦況はどうなっているのですか？」

フェリクスや看護していた兵士たちが気になり、コレットは御者に聞いた。

軍が撤退してからというもの、コレットには一切情報が入ってこなくなってしまったのだ。

「我が国が一気に盛り返しフォルタン王国軍を打ち破ったところだ。国境から追い出した後も、さらに追撃をして国境線を我が国側に抉《えぐ》り取るつもりらしい」

「そうですか！　良かった……！」

戦線が、そして国境が遠ざかれば、子爵領がまた戦火に巻き込まれることも減るだろう。

だがまたその土地を取り返さんと、フォルタン王国軍が攻め込んでくるだろうから、戦争自体は繰り返されるのであろうが。

荷物を運ぶための馬車は大きく揺れ、お世辞にも乗り心地が良いとは言えず生きた心地がしなかったが、御者の男は休憩のたびに食事を分けてくれて、眠る場所や毛布まで提供してくれた。

「コレット嬢ちゃんが戦場で、本当に頑張っていたことを知っているからな……」

なぜここまでしてくれるのかと、疑問に思い聞いてみたところ、照れたように笑いながらそう言ってくれた。

己の行動をちゃんと見ていてくれた人がいたということに、コレットは思わず涙を流した。

二日間の移動の後、荷馬車は無事バシュラール公爵邸へとたどり着いた。

「それじゃあな、コレット嬢ちゃん。頑張れよ。帰りも乗るならまた声をかけてくれ」

「はい！　本当にありがとうございました……！」

物資の補給基地へと移動するため、コレットを下ろすと荷馬車は去っていった。

久しぶりに他人の優しさに触れたコレットは、その後ろ姿に深く頭を下げた。

本当に心から人に謝意を感じた時、頭は自《おの》ずと下がるものなのだと知った。

それから恐る恐るバシュラール公爵邸の、豪奢《ごうしゃ》かつ重厚な門を見上げる。

大理石に囲まれた大きな両開きの鉄扉には、神々の神話の細かな彫刻が施されている。

その両端には箱型の小さな詰所があり、それぞれに門番が立っており、警備体制も万全だ。

「すごいわ……」

なにもかもが、コレットが生まれ育ったアングラード子爵邸とは比べ物にならない。

そもそも門から屋敷が見えないのだ。その間に広がる庭園が広すぎて。

ちなみにその広大な敷地は、コレットの身長よりもはるかに高い、瀟洒《しょうしゃ》かつ強固そうな鉄柵によって囲まれている。そう簡単に侵入することはできないだろう。

(やっぱりとんでもないお金持ちなのね……)

コレットは震え上がった。あまりにも世界が違う。

だがここまできたら、当たって砕けるしかない。

コレットは覚悟を決めて、門を守る門番に声を掛けた。

「私はコレット・ニナ・アングラードと申します。アングラード子爵家の者です。フェリクス様よりお預かりしたものを届けに参りました。お取次をお願いいたします」

門番たちは、貴族令嬢にはとても見えないコレットのみすぼらしい姿に訝しげな顔をしている。

このままでは門前払いになりかねないと、慌ててコレットは手巾に包んだ指輪を見せた。

すると、それを見た門番たちの顔色が変わった。

「しばらくお待ちくださいませ。すぐに当家の執事に話を通しますので」

突然の態度の軟化に驚きつつ、門番の詰所で椅子まで薦められ、コレットは待った。

やがて屋敷がある方向から、馬車がやってきた。

てしまう。

白塗りの車体に金で装飾された豪奢で美しい馬車に、コレットは思わずあんぐりと口を開い

どうやらこの家では敷地内を馬車で移動するらしい。本当に一体どれだけ広いのか。

フロックコートに身を包んだ御者に車内へ案内され、ベルベットの生地を張られた座席に座れば、臀部が素晴らしい柔らかさに包まれた。

硬い板の上に直接座っていた荷馬車とは、比べ物にならない。

(ど、ど、どうしよう！　明らかに場違いだわ……！)

貴族令嬢とは到底思えない薄汚れたワンピース姿の自分が、なんとも居た堪れない。

厳しい生活の中でコレットは窶《やつ》れ、貴族の娘には見えなくなってしまっていた。

庭園の中の道を、ゆっくりと馬車は進む。

ここまできたらもうどうにでもなれと開き直ったコレットは、窓からバシュラール公爵邸の庭園を眺めて楽しむことにした。

久しぶりに薔薇を見た気がする。アングラード子爵邸の庭にも、前は季節ごとに綺麗な薔薇が咲いていた。

薔薇が好きな母のために、父は腕の良い庭師を雇い、こまめに庭園を手入れさせていたのだ。

戦争が始まってからは軍の基地となり、兵の移動や物資の搬入に邪魔だからと、全て根本から刈り取られてしまったが。

（いつかまた、うちにも咲くといいわね……）

いつのことになるかはわからないが、できれば弟が成人するまでには少しでも復興をさせたい。

そんなことをぼうっと考えていたら、馬車が止まった。どうやら屋敷の前に着いたらしい。

御者が扉を開け、白い手袋をした手を差し伸べてきたので、コレットは恐る恐る己の手を重ねる。

すると荒れてひび割れた指先と欠けた爪が目に入り、思わず隠してしまいたくなったが、これは必死に生きてきた証《あかし》なのだと思い返し、顔を上げて堂々と胸を張った。

そして目の前にあった大きな屋敷に、コレットのそんな虚勢はあっさりと折れそうになった。

（……お、大きい……！）

アングラード子爵邸の、これまた何倍もの大きさの屋敷だ。

思わずコレットは、あんぐりと口を開けてしまった。

使用人たちが玄関を開けてくれる。これまた見上げるほどに大きな扉だ。

そして開けられた玄関から広がるロビーは、よく磨かれた大理石。

（ひえ……）

やはりコレットは怖気付《おじけづ》いた。まるで王宮のような壮麗さだ。

この美しい床を、己の土だらけの汚い靴で歩いて良いものか。

そこに一人の壮年の男性が、ピシッと決まったフロックコート姿で現れた。

白髪交じりの焦げ茶色の髪は、きっちりと後方へ流され、綺麗にまとめられている。

「私はバシュラール公爵家にて家令をしておりますギヨームと申します。アングラード子爵家のご令嬢であられる、コレット様でございますね」

「あ、はい」

「ご案内いたします。こちらへどうぞ」

流れるような所作でエスコートされ、コレットは日当たりの良い客間へと案内された。

重厚感のある、美しい部屋だ。家具はよく磨かれた飴色《あめいろ》のマホガニーで、カーテンや長椅子は深緑色のベルベットで統一されている。

ギヨームに促され、コレットはそこに置かれている長椅子に恐る恐る腰をかけた。

「門番たちがフェリクス様より渡された指輪を見たと申しておりました。そちらを私にも拝見させていただいてよろしいですか」

「あ、はい」

立て板に水とばかりに滑舌良く話しかけられ、コレットはただ相槌を打つのがやっとだ。

柔和な顔をしているのに、その眼光は鋭い。おそらくその真偽を確かめるためだろう。

コレットは慌ててワンピースのポケットから手巾を取り出すと、それを開いて中の指輪をギヨームに見せる。

それをじっくりと眺めた彼は、一つ頷いた。

「間違いなく当家の公爵夫人の指輪ですね。こちらを、旦那様からいただいたと」

「いえ、あの、旦那様ではなく、フェリクス様から貰ってほしいと言われまして……」

本当は貰ってほしいと言われたのだが、コレットはそれを拒否し、一時的に預かっているだけだったりするのだが。

だがあえてそのことは言わなかった。指輪の返却だけを求められれば、弟を救えないからだ。

「ですから、旦那様ですね。フェリクス様は現バシュラール公爵閣下でいらっしゃいますので」

「…………はい？」

（フェリクス様が、公爵閣下本人……？）

あまりに想定外で、コレットは驚きのあまり目を見開く。

「出征されるすこし前に、爵位を継がれまして。ご存じなかったのですか？」

知らなかった。だってフェリクスは、一度たりともそんなことをコレットに言わなかった。

それどころか彼は、コレットに己の家名すら名乗らなかったのだ。

だから指輪の裏側に気づくまで、彼がバシュラール公爵家の人間であることを知らなかった。

（つまり私には伝える必要がなかった、ということね）

公爵であることを知られ、玉《たま》の輿《こし》狙いでコレットに執着されることを避けたのかもしれない。

そう考えたらコレットの心が、血を流しているかのように痛んだ。

もちろん実際に彼を利用し、金銭を得ようとしているコレットに、何も言う権利はないけれど。

「……まさか、ご当主とは存じ上げませんでした」

込み上げてくる涙を必死で堪える。

きっと最初から彼は、コレットのことなど信用していなかったのだ。

おかげでほんの少しだけ、コレットの中でこれから行おうとしている悪事に対する罪悪感が薄れた。

「私はこの指輪をいただいて、何か困ったことがあったらバシュラール家を頼れと言われただけで……」

そしてコレットは潤んだ視界のままで、嘘を吐いた。

公爵からの命令とあらば、彼らはコレットをぞんざいに扱ったりはしないだろう。

「なるほど。……ではアングラード子爵令嬢、度々申し訳ございませんが、もう少々お待ちいただけますか？　今、大旦那様に話を通して参りますので」

「…………はい」

大旦那様、ということはフェリクスの父ということだろう。

——つまりは、先代のバシュラール公爵閣下。

（一体どんな方なのかしら……）

コレットが社交界デビューした際の舞踏会や夜会には、参加されていなかったように思うが。

（大丈夫、大丈夫よ。堂々としていなくちゃ）

たとえどこから見ても平民以下にしか見えなかったとしても、コレットは間違いなく歴史あるアングラード子爵家の娘なのだから。

やがてドアがノックされ、家令のギヨームと共に、足が悪いのか杖をつきながら大柄の中年男性が入ってきた。

眉間には深い皺が寄っており、こちらを不愉快そうに睨みつけている。

フェリクスの造作は母親似なのだろう。前公爵は厳《いか》つい顔をしており、あまり似ていない。

けれどもどこか冷たい雰囲気と、黒髪に鋼色の目という色彩は、全く同じだ。

彼の威圧感に、思わずコレットの足が竦《すく》んだ。歓迎されていないことが、一目でわかる。

怯《おび》える体を必死に叱咤《しった》して、ワンピースの裾を摘み、コレットは社交界デビューの際に叩《たた》き込《こ》んだカーテシーを披露する。

「なんだ。この汚らしい小娘は」

だが彼は長椅子に気だるそうにどかりと座ると、開口一番にそんなことを言った。

「フェリクスの奴め、戦場で気でも触れたのか？　こんな骨と皮だけの貧相な娘に、あの指輪をくれてやるなど……」

のっけからのあまりに酷い物言いに、コレットは愕然としてしまった。

確かにコレットは痩せている。毎日朝から晩まで働いている上に、食事は弟を優先して常に控えめにしていたからだ。

戦争に巻き込まれてからの一年で体重は激減し、体の輪郭も激変した。

かつての柔らかな薔薇色《ばらいろ》の頬も、ふっくらとした瑞々しい肌も、とうに失われてしまった。

だがそれらは、自分ではどうにもできない事態によって失われたものだ。コレットに非はない。

大体会って間もない女性の外見に対し、一方的に物申すなど失礼にも程がある。

（これは駄目だわ……）

話が通じる類の人間ではない。自分の思ったことをそのまま口に出すことに、何の抵抗もないことも恐ろしい。

自分は何をしても許されると思っている、身分相応に傲慢な人間。

（フェリクス様はお優しい方なのに……）

善良な人間の家族が善良とは限らない。そんなことはわかっていたはずなのに。

このままでは指輪だけを取り上げられ、身一つで追い出されるのがオチだ。

（そんなことはさせない……！）

怒りに大事なのは瞬発力であると、あの戦場でコレットは思い知った。

すぐに言い返せなければ、何を言っても許される人間と判断され、舐《な》められ搾取されるだけだ。

コレットは一度唇を噛み締めてから、口を開いた。

「――お言葉ですが。閣下は私について、一体何をご存じだというのです？」

確かにものを頼む立場ではあるが、ここまで貶《おとし》められ蔑まれる筋合いはない。

せめて一矢報いんとコレットは顔を上げ、前公爵の目をまっすぐに見つめる。すると彼はわずかに身じろいだ。

「ご存《ぞん》知《じ》かと思いますが、我がアングラード子爵家領は、此《こ》度《たび》の戦争において激戦地となりました。父はフォルタン王国軍の進軍を食い止めそのまま戦場に散り、豊かだった畑は軍靴に踏み躙られ、美しかった街は破壊されました。けれども私は、それらを何一つとして恥とは思っておりません……！」

言い返しているうちに、感情が激して涙が溢れてきた。

だがもう拭おうとも思わなかった。むしろ見せつけてやろうと思った。

思い知ればいいのだ。大切な場所が戦場になってしまったコレットの悲哀を。

「フェリクス様たちの活躍により、我が領地は解放されましたが、残されたのは街の残骸と焼け野原です。食べるものだって、着るものにだって、事欠く有様です。閣下は元軍人でありながら、戦場の悲惨さを、非情さを、ご存じないのですか？　必死にその中を生き抜いたことを、私は誇りに思っております。よってそのように蔑まれる筋合いなどございません」

ぴしゃりと言ってやれば、前公爵は唖然とした顔をしていた。目も口もぽかりと開いている。

まさかこんな貧相な小娘に、言い負かされるとは思っていなかったのだろう。

その隣の家令は、何故かコレットを口笛でも吹きそうな目で見ている。

確かにちょっと言いすぎたかもしれない。だがどうしても許せなかったのだ。

しかしこのまま怒られ指輪だけ取り上げられ、屋敷の外に放り出されたらもう後がない。

幸いにもコレットのワンピースのポケットの中には、まだあの指輪が入ったままだ。

彼らが呆然としているうちに、とっととこれを持ったままで逃げてしまおう。

「……お時間をとらせて、申し訳ございませんでした。失礼致します」

コレットは立ち上がり、そのまま部屋から、そして屋敷から出て行こうとした。——だが。

「——待て」

前公爵が声を上げた。人に命令することに慣れた、有無を言わさぬ声だ。

逃げねばならぬのに、思わずコレットの足が止まってしまった。

「ギヨーム。その見苦しい小娘にもう少しまともな格好をさせろ。そして何か食わせてやれ」

「はい。かしこまりました」

「——え？」

そして前公爵は立ち上がり、少しよろめいた。

コレットは無意識のうちに彼の元に駆け寄り、彼の脇の下に腕を差し込んでその体を支える。戦場で足を負傷した傷病兵たちに対し、行っていたのと同じように。

「……随分と手慣れているな」

「前線に設置された野戦病院で、ずっと看護部隊として働いておりましたので。フェリクス様ともそこでお会いしたんです」

「……そうか。もう大丈夫だ。いい加減離せ」

言われるままコレットが身を引けば、前公爵は杖をつきつつそのまま部屋を出て行った。

（ええと……一体何が……？　私はどうすれば……？）

果たしてこのまま帰ってしまってもいいのだろうか。コレットがその場で立《た》ち竦《すく》み困っていると、ギヨームがにっこりと楽しそうに笑って声をかけてきた。

「では大旦那様のご命令に従わせていただきます」

そしてギヨームは、テーブルの上に置かれていたベルを鳴らす。

「失礼致します」

するとすぐに数人の年嵩《としかさ》の侍女たちが、静かに部屋に入ってきた。

「お前たち。こちらのご令嬢を徹底的に磨き上げろ。衣装は袖を通さないまま保管されている大奥様の御衣装《ごいしょう》がいくつか残されているだろう。それを使え」

「………………はい？」

「それではアングラード子爵令嬢。後ほどまたお会いしましょう」

ギヨームはこれまたお手本のような美しい礼をして、そそくさと部屋を出て行ってしまった。

「お嬢様、失礼致しますね」

唖然としているうちにあっという間に侍女たちに囲まれて、逃げ場をなくしたコレットは、奪われないよう慌てて粗末なワンピースのポケットから指輪を取り出すと、サイズの合う左手薬指に押し込んだ。

すると侍女たちによって浴室に連れて行かれ、着ていた汚いワンピースをひん剥《む》かれ、身体中を徹底的に洗われ、良い匂いの香油を肌に塗られ、髪を艶が出るまで梳《くしけず》られた。

それからコルセットを付けられ、薄緑色のドレスを着せられた。

裾や袖に金糸で蔓草《つるくさ》の模様が刺繍された、大人っぽいドレスだ。

先ほどギヨームが言っていた通り、フェリクスの母が袖を通さぬまま遺《のこ》したものなのだろう。

久しぶりの絹の滑らかな感触に、コレットは思わずうっとりと目を細める。

「お美しいですわ」

なにやら楽しそうな侍女たちが、きゃっきゃと楽しそうに口々にコレットを誉《ほ》めてくれた。

バシュラール公爵家はフェリクスの母亡き後は男所帯であり、こうして女性の世話をすることがなく、もともと公爵夫人付きだった侍女たちとしては少々物足りなかったらしい。

恐る恐る壁に飾られた大きな姿見を覗《のぞ》き込めば、やはり痩せてはいるものの、ちゃんと貴族のご令嬢らしい姿になっていた。

失われた日々を思い出し、コレットの胸がしくりと痛む。

（……それにしても、前公爵は私なんかを飾り立ててどうするつもりなのかしら？）

「ほう、これはこれはお美しい」

全てが整ったことを確認すると、侍女に呼ばれて家令のギヨームがまた客室に入ってきた。

こんなふうに他人に容姿を褒められること自体が久しぶりで、コレットは恥ずかしそうに俯く。

美しいドレスを身につけていることに、いまだどこか現実味がない。

「夕食をご一緒に、と大旦那様がおっしゃっておられます。どうかご同席を」

正直嫌だと思ったが、自分に拒否権がないことも察していたコレットは、素直にギヨームに付いて行った。

バシュラール公爵家の食堂はそのまま夜会の会場になってしまいそうな広さで、天井は高く美しい絵が描かれており、中央には真っ白なテーブルクロスが敷かれた縦長のテーブルがあった。

そこにはすでに所狭しと料理が並べられており、良い匂いが食堂内に漂っている。

ギヨームにエスコートされながら、コレットはすでに席についている前公爵の元へと歩み寄る。

「……この度はお招きいただきまして、ありがとうございます」

コレットが腰をかがめ挨拶をすれば、彼は「ふん、化けたものだな」と鼻で笑った。

もちろん苛立《いらだ》ったが、それを表に出さないようコレットはにっこりと可愛らしく笑う。

先ほどは頭に血が上《のぼ》って言いたい放題してしまったものの、時間が経ったことで若干頭が冷えていた。

やはり前公爵の協力を得られるのなら、それに越したことはないのだ。

よってこれ以上、彼の機嫌を損ねることは避けたい。

ギヨームが前公爵の隣の席の椅子を引いたので、内心嫌々ながらも微笑みを保ちつつ座る。

「だが随分と古臭いドレスを着ているな。次はもう少しまともなものを着せろ」

「はい。申し訳ございません。直ちに」

突然のことだったので、男所帯の屋敷に女性の衣装の用意がないのは当たり前のことだ。

その中で、できる限りのことをしてくれたギヨームや侍女たちに非はない。

だが当然のようにギヨームは詫《わ》びる。そのことにコレットはもやもやとしてしまう。

「あの！　形こそ少し流行から外れているかもしれませんが、最高級の絹ですし、刺繍も細やかで素晴らしいものです。お貸しいただいてありがとうございます。久しぶりにお洒落《しゃれ》ができて嬉しいです！」

極力嫌味《いやみ》に聞こえないようにしつつも、彼らを庇《かば》わんとコレットはにっこり笑って前公爵に言った。

「ふん、そうか」

すると前公爵がつまらなそうに鼻を鳴らして、コレットから顔を逸《そ》らした。

相変わらず態度の悪いお方である。思わずため息を吐きそうになるのを必死に堪える。

それからテーブルの上の贅《ぜい》を凝らした料理を見て、コレットは感動した。

（わあ……美味《おい》しそう！　お肉もある……！）

肉などここ数ヶ月、ほとんど食べていなかった。

するとその時、さすがに空腹に耐えられなくなったのか、コルセットで締め付ける必要もないようなコレットの薄い腹が、きゅるると切なげに盛大に鳴いた。

残念ながら腹の音は、己の意思で制御できるものではないのだ。

「も、申し訳ございません……」

あまりの音の大きさに、コレットは顔を真っ赤にして俯いてしまった。

また色々言われるのだろうと、身を縮こまらせて前公爵の言葉を待つ。

「さぞかし腹が減っているんだろう。たくさん食べてもう少し肉をつけろ。お前は痩せすぎだ」

だが特に毒を吐かれることはなく、むしろ若干の優しさを感じるような言葉をかけられた。

この数刻の間に一体何があったのかと、コレットは驚く。

「とっとと食べろ。料理が冷めるだろうが」

「あ、はい。すみません。ありがとうございます」

コレットは慌てて手を組み、神に今日の糧への祈りを捧《ささ》げる。

戦時下で散々酷い目にあって、この世に神なんていないとまで思っていたのに。

何故か不思議とこの習慣は、やめる気にはならなかった。

神に対するというよりは、己の糧となるために失われた命に対する祈りだからかもしれない。

今まさに食事に手をつけようとしていた前公爵も、一度カトラリーを置いて、何故かコレットに倣い手を組んで祈りを捧げる。

彼の横に控えているギヨームが、僅かに目を見開いたので、おそらく普段はやっていないのだろう。

そんな妙に律儀なところがふとフェリクスに重なって、コレットは小さく笑みをこぼしてしまった。

そして食べ始めた料理は、頬が落ちそうになるくらいに美味しかった。

だが元々満足に食べられなかった長き日々のせいで胃が小さくなっていたらしく、それほどの量は食べられなかった。

するとその様子を、またしても前公爵が不服そうに見てきた。

せっかく用意された食事を残すのは確かに失礼なことだ。コレットとて本当は残したくない。

だがこれ以上は無理だった。

「申し訳ございません。とても美味しかったのですが、胃の容量的にこれ以上は入りそうにありません。戦時下の食糧難で今まであまり食べてこられなかったので……」

若干の面倒さを感じつつも、コレットは釈明をした。

正しく理由があるのなら、釈明はちゃんとしたほうがいいのだ。

他人は思う以上に、勝手に相手の状況を想像して決めつけるものだから。

するとすんなりと納得したらしく、前公爵は自分の目の前の料理を食べ始めた。

どうやら彼はコレットとは逆で、自分の思いや考えなどを口に出すことを惜しむ性質であるらしい。

「すみません。ギヨームさん。料理人の方にとても美味しかったとお伝えくださいますか？」

こんなにも残してしまったら、料理人が不快に思うかもしれない、

そのことを気にしたコレットは、せめて謝意を伝えたくてギヨームに伝言を頼んだ。

するとまた前公爵が不服そうな顔をした。今度は一体なんだとコレットは若干面倒に思う。

そんなコレットの表情を読み取ったのか、ギヨームは小さく笑った。

「アングラード子爵令嬢。大旦那様はおそらくあなたが私に対し敬語を使うことを、不快に思われているようです」

「ええ？　そんな……」

ギヨームはバシュラール公爵家の使用人であり、コレットの使用人ではないので命令口調で話すことに抵抗があった。

だがそれで前公爵が不機嫌になってしまっては、お互いに手間が増えてしまう。

コレットは一つ長い息を吐いてから、口を開いた。

「わかったわ、ギヨーム。ありがとう」

提案を受け入れたコレットが敬語をやめれば、前公爵は満足げに頷いた。

（素直じゃない男性というのも、面倒なものね……）

そのまま自分の口で直接言えばいいものを、不機嫌になることで周囲に察してもらおうとするから、常に周囲の人たちが気を張っていなければならないのだ。

機嫌で他人を動かそうとするのは、一桁の年齢で終えていなければいけない気がするのだが。

「……それで。お前はなんらかの助けを求めてこのバシュラール公爵家に来たのだろう。我が家に何を望んでおるのだ？」

前公爵に厳しい声で問われ、コレットは拳を握りしめて気合を入れる。

ここで彼の協力を取り付けなければ、弟を助けることができない。

コレットは前公爵に、素直にアングラード子爵家の現状を話した。

激戦地となったために、領地が悲惨な状況にあること。けれども国からの補償が一切ないこと。

使用人たちに裏切られ、家財のほとんどを失ってしまったこと。そして弟が病に倒れたこと。

「父も失ったばかりで、これ以上弟まで失うことには耐えられません。どうか弟のために医師を手配していただきたいのです」

バシュラール公爵家ならば、おそらく優秀な医師を抱えているだろう。

その医師に弟を診てもらいたいのだと、コレットは必死に話した。

「……なんだ、その程度のことか。ならば私の主治医をお前の弟の元へ派遣してやろう」

そして前公爵はすぐにギヨームに命令し、翌日朝一番に、アングラード子爵領に己の主治医を向かわせてくれることを約束してくれた。

こうしてコレットの一番の懸念事項は、権力者の一言であっさりと片付いてしまった。

「ありがとうございます……！」

コレットの目に、安堵の涙が浮かんだ。なんせ前バシュラール公爵の主治医だ。実績のある方に違いない。きっと弟も助かるはずだ。

そんなコレットを見て、前公爵は少し照れたようにそっぽを向いた。

「たいしたことではない。息子の嫁の家族ということは、すなわち儂《わし》にとっても親族となるのだからな」

「…………はい？」

何か聞き捨てならぬ言葉があったような気がするのだが、コレットは弟が助かるという事実を前に浮かれていたため、そのまま聞き流してしまった。

「そして病状が落ち着いたら、お前の弟と母をここへ連れてこさせよう。しばらく我が家で面倒をみることにする」

「何から何まで本当にありがとうございます……！」

深々と頭を下げたコレットに、大袈裟だと前公爵は小さく笑った。

その浮かれた頭のままコレットは食後のお茶まで前公爵と共にし、戦場でのフェリクスとの出会いの話などを楽しくしてしまった。

やはり戦場での息子の話は気になるらしく、前公爵は前のめりで話を聞いていた。

「なるほど、お前は息子の命の恩人でもあったのだな」

「いえ、私はすべきことをしただけです」

そう、軍医の指示通り、彼の腹をチクチクと縫っただけだ。

「いや、その恩は返さねばなるまい」

父と息子で全く同じことを言い出すので、コレットはまた笑ってしまった。

どうやら彼は素直に口には出さないが、息子のことは大切に思っているらしい。

そのまま長々と談笑してしまい、気がついたら随分と遅い時間になっていた。

「そろそろお開きにいたしましょうか。大旦那様」

ギヨームに言われ、前公爵が渋々ながらも席を立つ。

「それではな。……おやすみ。コレット」

そこで初めて名前を呼ばれ、コレットは驚き目を見開いた。

認められたようで何やら嬉しくなってしまい、思わずとびきりの笑顔で挨拶を返す。

「おやすみなさいませ、閣下」

実際には彼はもう公爵位から退いているため、『閣下』という敬称は正しくないのかもしれないが、それ以外に思いつかなかった。

「──違う。お義父様と呼べ」

「…………はい？」

するとまた不機嫌そうな顔をして、前公爵はそんなことを言い出した。

コレットは呆気《あっけ》に取られてしまった。一体何故そんな話になったのか。

助けを求めて周囲を見渡せば、ギヨームも侍女たちも何やらわくわくと期待の目でコレットの言葉を待っている。

（……よくわからないけれど、そういうごっこ遊びなのかしら？）

「はい。おやすみなさい。お義父様」

だったら付き合ってやろうと、心の中にある若干の抵抗を押し殺し、コレットは言い直した。

すると前公爵はやけに満足げな顔をして、足取り軽く自分の部屋へと戻っていった。

(一体なんだったのかしら……？)

内心首を傾げながらもコレットも席を立ち、客間に戻ろうとしたところで、ギヨームから制止された。

「申し訳ございませんが、滞在されるお部屋の変更をさせていただきます」

そうして連れて行かれたのは、先ほどの客間よりもさらに豪華で広い、王族や大貴族が使うような部屋だった。

薄紅色の壁紙やリネンに、白と金で統一された家具類。花のような可愛らしい形のランプ。さらには美しい絵画やオブジェが、そこかしこに飾られている。なにやらやたらと綺羅《きら》綺羅しく、目に優しくない。

明らかにコレットのような者が、泊まって良い部屋ではないのだが。

「……あの、ギヨームさん。ここは明らかに身に余るというか……部屋を間違えていませんか？」

「いえ、こちらです」

「はあ……」

コレットは困ってしまった。部屋が広すぎて落ち着かない。

「寝室はそちらの扉になります」

しかも寝室はここことは別にあるらしい。言われてみればこの部屋に寝台はない。

案内された内扉を開けば、巨大な寝台の置かれた寝室があった。

コレットが入った扉とは反対側にも、扉がある。

何やら不思議な形の部屋だと、コレットは首を傾げる。

「あちらの扉は……？」

「旦那様の部屋……つまりはフェリクス様の部屋と繋がっております」

「……なぜ？」

「ここが代々の公爵夫人が使われていた部屋だからです」

「なんですって……⁉」

あまりのことに、コレットは驚き飛び上がった。

道理で豪華なわけである。つまり自分はこの屋敷の女主人の部屋をあてがわれたのだ。

「それからアングラード子爵令嬢。……これからは奥様と呼ばせていただいても？」

そしてギヨームの言葉に、さらにコレットの混乱が極まる。

「……はい？」

先ほどの『ごっこ遊び』がまだ続いているのかと、コレットは目を白黒させる。

「どうやら大旦那様はあなたを、フェリクス様の奥様としてお認めになったようですので」

見知らぬ貧相な小娘扱いから一転、まさかの息子の嫁認定である。

前公爵閣下の認識が、知らぬ間にとんでもないことになっている。一体何故。

「今奥様がつけられている指輪は、代々のバシュラール公爵夫人が受け継いできたものですから。フェリクス様があなたにそれを贈られたということは、つまりはそういうことです」

つまりとはどういうことだ、とコレットは思った。そんな話ではなかったはずだ。

他に換金性の高いものを持っていないから、とフェリクスは言ったのだ。

戦場で敵兵に奪われるくらいなら、代わりに持っていてくれと。

「大旦那様は随分と奥様をお気に召したご様子です。主治医を誰かにお貸しになるなど、初めてのことですし。長らくフェリクス様のご結婚について気を揉まれていたようですから、奥様がいらしてよほど嬉しかったのでしょう」

「………はい？」

バシュラール公爵家の専属医師は名医として名高いが、前公爵はこれまでどれほど請われても、他家に貸し出すようなことはしなかったらしい。

つまり前公爵は、コレットのことをフェリクスの妻だと思っているがために、家族としてそれを許諾してくれたということか。

そう認識した瞬間。全身から血の気が引き、フェリクスとはそんな関係ではないと、誤解であると否定しようとした唇が、舌が、凍りついたように動かなくなった。

事実を知られてしまえば、おそらく弟は助けてもらえない。

バシュラール公爵家の嫁だと思われているからこそ、今、救いの手を差し出されたのだから。

（言えないわ……！）

コレットは口を噤《つぐ》むことにした。

自分がしていることは、まさしく詐欺だ。——だがそれでも。

（オーブリーを死なせるわけには、いかない）

このまま公爵夫人になりすますべく、コレットは微笑みを浮かべた。

余計に事態が悪化するであろうことを悟りながら、心の中で荒れ狂う罪悪感を押し殺して。

「今日はお疲れでしょう。どうぞごゆっくりお過ごしください」

「ありがとう、ギヨーム」

寝室からギヨームが出ていき、侍女たちにドレスを脱がせてもらい、やはり亡くなった公爵夫人のものであろう肌触りの良い柔らかな絹のネグリジェを着て、コレットは豪奢すぎる寝台に潜り込む。

その寝台は素晴らしい寝心地なのに、罪の意識でコレットはちっとも眠ることができなかった。

翌朝、約束通りバシュラール公爵家の馬車で、医師と山のように積まれた物資がアングラード子爵家の山荘に向かい出発した。

コレットも同行するつもりだったが、前公爵にもギヨームにも危険だからと止められた。

行きはたった一人で来たというのに、過保護にもほどがあると思ったが、今や公爵夫人として扱われていることを考えると、仕方がないことなのかもしれない。

使用人たちは皆、翌日からコレットのことを『奥様』と呼ぶようになった。

おそらくギヨームの手回しだろう。仕事の早いことである。

多少の居心地の悪さはあるものの、もうこれは『ごっこ遊び』であると割り切ってコレットは乗り切ることにした。

気がついたら前公爵の指示で部屋のクローゼットが新しいドレスでいっぱいになっていたことも、宝飾品が次々に届き山のように積み上げられたことも、『ごっこ遊び』だと言ったら『ごっこ遊び』なのである。

これが現実だと思ったら、罪悪感で心が押し潰されてしまうだろう。

その後、弟を診察した公爵家の主治医からの報告によると、弟は元々気管支が弱いところに、栄養不足等から風邪を拗《こじ》らせ、気管支が炎症を起こしていたらしい。

痰《たん》を切る薬と炎症を抑える薬を与えられ、安静にすることで持ち直したようで、母も喜んでいると聞いて、コレットは心の底から安堵した。

娘が知らぬ間にバシュラール公爵とそういった関係にあったことには、驚いたようだが。

（……お母さんごめんなさい）

家族すら騙している自分は、本当にどうしようもない人間だと思う。

病状が落ち着いた後しばらくして、母と弟もバシュラール公爵家へとやってきた。

「姉様……！」

「オーブリー……！　良かった……！」

すっかり元気になり、自らの足で歩いてきたオーブリーを抱きしめながら、コレットは喜びと罪の意識の間で涙をこぼした。

だが、やはり後悔はなかった。弟の命に代えられるものなど、この世に何もなかったからだ。

そして公爵家の厚意でオーブリーには教師が付けられ、彼は子爵家を継ぐための勉強を始めた。

今は廃墟《はいきょ》同然であっても、本来の子爵領は農耕に適した豊かな土地だ。

いずれは必ず復興するはずだと。よってこれは先行投資であるのだと前公爵は言った。

だがそれもまた、コレットのことをバシュラール公爵家の嫁だと思っているからこそだろう。

『フェリクスの妻』だからこそ与えられる厚遇を享受しながら、コレットは覚悟を決める。

いずれフェリクスが帰ってきたら、自分の罪は露見し、詐欺師として断罪されることになるだろう。

ならばそれまでに少しでも、バシュラール公爵家の、引いてはフェリクスの役に立とうと。

コレットは偽物ながらも女主人として公爵家の家政を必死に覚え、償いのように無私で働き始めた。

前公爵だけでは手が回らなかった部分も円滑に進むようになったと、ギヨームも侍女たちも喜んでくれる。

また足の悪い前公爵の世話も積極的に行った。実際彼には多大な恩があった。

「お義父《とう》様。庭園を散策しませんか？」

不自由な足を厭《いと》い、部屋に篭もりがちな彼を毎日のように誘っては庭園に連れ出し、一緒に散歩してお茶をする。

彼は使用人たちの言うことは聞かないが、コレットの言うことは比較的良く聞いてくれた。

看護部隊にいた頃、やはり歩行に支障をきたすような怪我をした兵士たちがいた。

だが軍医は彼らを、怪我がある程度治ったらあえて歩かせていた。

訓練することで、運動機能が回復することが多々あるらしい。

前公爵の主治医からも、是非彼に運動をさせてほしいと頼まれていたのだ。

「せっかく庭師たちがこんなにも綺麗に手入れをしてくれているんですもの。季節の花々くらい愛《め》でないと勿体無いですわ」

「……それもそうだな」

前公爵はコレットのことを、実の娘のように可愛がってくれた。

もちろんその気難しい性格のせいもあるのだが、彼はずっと寂しかったのだろうな、と思う。

妻を失い、息子は戦場に行ったきり帰って来ず、大きな屋敷で対等に話ができる相手がいない状況で。

突然現れた息子の嫁という存在は、彼の変わり映えしない日常の、良い彩りになったのだろう。

実際にコレットが毎日話し相手となることで、随分と表情が明るくなったように思う。

(フェリクス様が無事に帰ってきますように)

さらには公爵邸内にある小さな礼拝堂で、コレットは罪の懺悔《ざんげ》と共に、毎日神にフェリクスの無事を祈っていた。

断罪されるとわかっていながら、彼が帰ってこなければいいとは一度も思ったことがなかった。

ただ、無事でいて欲しかった。

すると何故か前公爵まで礼拝堂に付いてくるようになり、その熊のように大きな体を丸めてコレットと一緒に息子の無事を祈るようになった。何もしないよりはマシだと言って。

慣れてしまったからか、そんな素直ではないところが、最近可愛らしく思えてきた。

きっと彼の妻である、亡き前公爵夫人もそうだったのだろうと思う。

フェリクスの顔を見ればわかるように、夫人は妖艶な絶世の美女であったらしい。

屋敷中に飾られた彼女の肖像は、フェリクスによく似ていた。

前公爵曰く、彼女から積極的に結婚してくれと迫ってきたらしい。

ご本人が亡くなった後の話なので、本当はどうかはわからないが。

「早く戦争が終わって、フェリクス様が帰って来られると良いですね」

「フェリクスが帰ってきたら、まずはお前たちの結婚式を盛大に挙げねばな」

「ふふっ。ありがとうございます。お義父様」

そんな日は来ないと知っていて、申し訳なさに胸を痛めながらも、コレットは笑う。

気がつけばすっかり取り繕うのが上手《うま》くなってしまった。

だが戦争はなかなか終わらず、フェリクスは帰って来ないまま、二年近くの歳月が流れた。

「僕はアングラード子爵領に戻ります。当主として復興に携わりたいんです」

十四歳になり、すっかり子供っぽさが抜けた弟は、そう言って母と共に領地に戻っていった。

しばらくはバシュラール家の援助を受けるようだが、少しずつ領民も戻ってきているらしい。

一緒に戻りたいと思ったが、それは弟にも前公爵にも拒否された。

「姉様はもうバシュラール公爵家の人間なんだから。そんなことを言ってはだめだよ」

良かれと思って弟が口にした言葉に、まるで帰る場所を無くしてしまったようで、コレットの心は打ちのめされた。

確かにバシュラール公爵家には多大な恩があり、それらはまだ全然返せていない。

（そうよね。もっと役に立たなくちゃ……）

それはもう、贖罪《しょくざい》のようなものだった。

バシュラール公爵家の使用人たちはとても優しく、前公爵も最初こそ心証が最悪だったが、コレットがせっせと構っているうちに随分と丸くなり穏やかになった。

仕事も慣れて要領よくこなせるようになり、楽しいと思えるようになった。

知らぬ間にコレット自身、この場所を居心地よく感じるようになっていた。

そのこともまた彼女の罪の意識を強くする。

こんな良い人たちを裏切っている自分が許せない。

だから戦争が終わったと知った時、ようやく断罪される日がきたのだと思った。

全てを失うであろうその時への恐怖と同時に、ようやく罪を償えるという安堵もあった。

人を騙し続けることは、本当に苦しかった。どうかもう、罰して欲しかった。

「奥様！　旦那様が戻られましたよ……！」

それでも侍女がそう言って部屋に飛び込んできた時は、恐怖で足が震えた。

あんなにも優しくしてくれたフェリクスに軽蔑の目で見られることを想像し、そして今自分に好意的に接してくれる彼らの目が、一気に冷たくなることを想像して。

「……そう、すぐに行くわ」

思わず泣きそうな顔をしてしまったけれど、皆が喜びの涙と勘違いしてくれた。

震える体で屋敷の外へ出て、そして帰ってきたフェリクスの姿を一目見た瞬間。

渇ききった恋心が一気に溢れ出て、断罪される恐怖などどこかへ吹き飛んでしまった。

彼に殺されるのなら、それはそれでいいと思えてしまうほどに。

走り寄ってフェリクスの手に触れ、その温かさに涙が溢れた。

「よくぞ、ご無事で……！」

その心に、一切の偽りはなかった。彼が無事で、本当に良かった。

――さあ、断罪の時だ。

きっと彼は怒り、コレットを詐欺師として糾弾することだろう。

コレットはフェリクスの言葉をひたすらに待った。

だがいくら待っても、彼は何も言わない。

それどころか実際に夫のような顔をして、コレットの肩を抱いて屋敷に入り、さらには寝台に押し倒し、夫婦の営みまでしようとした。

コレットは混乱の極みだった。

戦時中に頭でも打ってしまったのだろうか――などと心配していたら、本当に落馬して、頭を打っていたらしい。

そしてフェリクスが、コレットとの記憶の一切を、無くしてしまったということを知ったのだ。

第三章　初夜をやり直しました

「……この二年間。記憶を失ってしまったとはいえ、ちっとも夫らしいことができなくてすまなかった……。君が大変な目に遭っていたというのに」

コレットの真実と作り話の半々な話を聞いてしょんぼりしているフェリクスに、コレットはしみじみ良い人だなあ、と思う。

こんな悪の枢軸をしていそうな美形なのに、中身は善良なごく普通の男性なのだ。

だからこそ、騙していることが余計に苦しい。

「その代わり、バシュラール公爵家の皆様にはよくしていただきましたから」

本当に彼らには感謝しかない。怪しいことこの上ないコレットを、受け入れてくれた。

「そう、それが少し不思議なんだ。父の苛烈な性格を良く知っているから、俺は絶対にバシュラール公爵家を頼れとは言わないはずなんだが。その時の俺は一体何を考えていたのか……」

コレットの背筋がヒヤリと冷えた。笑顔も若干こわばったし、目も宙を泳いだ。

正《まさ》しくそこは、コレットの作り話部分だったからだ。

「ふ、不思議ですねえ……。でも実際に助けていただきましたし……」

本当は嘘をつくのが苦手なコレットは、必死に誤魔化す。

フェリクスもそれほどこだわっていなかったのか、そのまま話題を変えた。

「ならばこれから挽回《ばんかい》できる様に頑張ろう。コレットに見捨てられないようにしなくてはな」

その言葉が嬉しくて、申し訳なくて、涙が出そうになって、コレットはグッと堪えた。

捨てられるべきは、本来は嘘つきな自分である。だからせめて素直に言葉を紡ぐ。

「——どんなフェリクス様でも、私は大好きです」

嘘だらけのコレットだったが、その想《おも》いだけはどこまでも真実だった。

「……ふぐっ」

するとフェリクスが俯き、くぐもった声で何やら呻いた。一体どうしたのだろう。

「フェリクス様……？」

心配になってコレットが顔を覗き込むと、フェリクスの顔が真っ赤になっていた。

表情は乏しいくせに、やたらと色づきやすい顔である。色白だからだろうか、余計に目立つ。

「コレット……抱きしめてもいいだろうか？」

恐る恐ると言った声で請われ、コレットは笑って頷く。

するとフェリクスの腕が伸ばされ、コレットの体に巻き付くと、二人の間に微妙に空いていた隙間を一気に縮めた。

ぎゅうっと強く抱きしめられ、コレットも彼の背中へ手を回し、力を込める。

ふわふわとした多幸感が、コレットを包んだ。どうせ死ぬなら今がいいと思ってしまうほどの。

しばらくその心地よさに浸っていると、フェリクスがなぜか落ち着きなくそわそわとし出した。

「こ、こ、こ、コレット……！」

何やら鶏の鳴き声の様になっているが、大丈夫だろうか。

「はい。どうなさいました？」

優しく聞いてやれば、何やら彼の手が子供の手遊びのように結んで開いてを繰り返していた。大丈夫だろうか。

「あの、その、やり直してもいいだろうか……？」

「はい？　一体何をですか？」

先ほどからフェリクスの挙動不審が酷くなっているが、本当に大丈夫だろうか。

いよいよコレットは本格的に心配になってきた。

「しょ、しょ、初夜を……っ！」

「…………はい？」

フェリクスはさらに真っ赤になって俯いていた。

傷を縫った時だって、こんなに顔色は変わっていなかっただろう。

それなのに相変わらず表情はほとんど動いていないので、ちょっと面白い。

「俺は、君に触れたい」

だがその銀色の目が、うっすらと潤んでいる。

とてつもなく緊張しているのだろう。ちょっと可愛い。

(どうしよう……)

求められることは嬉しいのだが、コレットは困ってしまった。

ここで自分を抱いたら、いずれコレットが偽りの妻だと露見した時、真面目な彼はそのことを後悔するのではないだろうか。

そうなったら自分は、耐えられそうにない。

だがここで、彼のものになってしまいたい衝動が抑えられない。

だってコレットは、ずっとフェリクスのことが、大好きだったのだ。

その想いが叶《かな》うとは、思っていなかったけれど。

(……でも真実は、フェリクス様の失われた記憶の中にしかないのよね)

ふと、またしても悪魔の声がした。

指輪を渡された際のやり取りは、コレットとフェリクスの間でのことだ。他は誰も知らない。つまりフェリクスの記憶が戻らない限り、そして自分自身が暴露しない限り、コレットは彼の妻のままでいられるのだ。

この二年間、彼の記憶は戻らなかった。

もう一生戻らない可能性の方が、高いのではないだろうか。

ならば真実を知っているのは、コレットだけだ。

(——つまり自分さえ黙っていれば、ずっとこのままでいられるということ……)

コレットは今、幸せだった。この幸せを守るためなら、なんだってできると思うほど。

そしてコレットは、悪魔に魂を売る決意をした。

どうしても恋しい彼を、そして愛しいこの場所を、手放したくない。

フェリクスの顔を見上げる。まだ緊張しているのか、コレットを包む腕がふるふると小さく震えていた。

言葉にできずにコレットは、目を瞑り彼の唇にそっと自分から唇を重ね合わせる。

それを許可ととったフェリクスが、コレットの後頭部に手を添えて、深く唇を咥え込んできた。

「んんっ……!」

それだけでじわじわと下腹部に熱が溜まり始める。すぐに口腔内にフェリクスの舌が入り込んできて、コレットの内側を丹念に探り始めた。

上顎や頬の裏側、そして歯の一本一本までも、そのすべてを確かめるように。

唾液が混ざり合い、卑猥な水音を立てる。コレットは耳まで犯されているような気になった。

最後に舌を絡め取られ、吸い上げられて、飲み込みきれなかった唾液が口角から溢れる。

そしてようやく唇を解放された時には、コレットの頭の芯がぼうっとしていた。

そのまま寝台にゆっくりと押し倒され、のしかかられる。

体に感じるフェリクスの重みが、不思議と心地よいのは何故だろう。

コレットの足元からフェリクスの手が、ネグリジェの裾をたくし上げつつ、彼女の体の線を確かめるかのように肌を這《は》い出す。

自分で触ることと彼に触られることで、何故こんなにも感覚が違うのだろうか。

彼の温《ぬく》もりを感じるたびに、コレットの体がびくびくと震えてしまう。

せっかく着たばかりのネグリジェがあっという間に胸元まで巻き上げられ、コレットの乳房が剥き出しになった。

仰向《あおむ》けになってもふっくらと盛り上がったままのその肌に、視線を感じる。

彼の表情は動いていないのに、視線にはしっかりと熱があった。

「コレット…やっぱりとても綺麗だ」

うっとりとそんなことを言われ、フェリクスの美しい銀の瞳に魅入られ、コレットの腰から力が抜けてしまった。

　そんな彼女の脚を持ち上げ、大きく開かせると、その合間に、フェリクスの大きな体がねじ込まれる。

　それから両手でちょうど彼の手のひらにぴったり収まるコレットの胸を、柔らかく揉《も》み上《あ》げつつその谷間に顔を埋め、幸せそうな息を吐いた。

「柔らかい……ふわふわだ……」

　思わず、といった様子でそんなことを幼《いとけな》く呟《つぶや》くので、思わずコレットは笑ってしまう。

　するとフェリクスは少しだけその形の良い唇を尖らせ、そのまま色付いた先端をぱくりと咥えた。

「ひゃっ……！」

　そのまま吸い上げられると、ツンとした甘い疼《うず》きが走って、触れて欲しげにぷくりとそこが勃ち上がってしまった。

　そしてフェリクスの指先が、もう一方の胸の乳嘴も摘み上げる。

　舌先で舐め上げられ、押しつぶされ、吸い上げられ、軽く歯を当てられ。

　指先で摘み上げられ、押しつぶされ、擦られて、優しく捻《ひね》り上げられて。

　触れられてもいない下腹部が何かを求めて、切なくきゅうっと締め付けられるように疼く。

　その感覚を、溜まる熱を逃したくて脚を閉じたいのに、間にいるフェリクスの体のせいで閉じることができない。

「や、あ、ああ……！」

切なくて気持ちがよくて。コレットは小さく声をあげながら身悶《みもだ》える。

「痛くはないか……？」

心配そうに聞かれているのに、意地悪されているような気がするのは何故だろう。

「だいじょうぶ、です」

なんとか答えると、今度は少しだけ揶揄うような声で聞いてくる。

「では気持ちが良いか……？」

いや、気がするだけではない。これは間違いなくコレットを虐《いじ》めにかかっている。

コレットはこれ以上、フェリクスに嘘はつかないと決めている。

だがそんなことは流石に口にできず、がくがくと頷くだけに留《とど》めた。

それだけでもフェリクスは嬉しかったらしく、わずかに口角を上げた。

（ひいっ……！）

その笑みの破壊力に、コレットの心臓は止まってしまいそうになった。

フェリクスはそのままねちっこく、コレットの胸を弄り続ける。

腰が痺《しび》れて、腹の奥がじくじくと酷く疼く。どこかへ追い詰められていくような感覚。

「も、胸は、いや……」

息も絶え絶えで訴えれば、少し残念そうな顔をしつつ、やっと胸を解放してくれた。

それでも弄られすぎた先端が、未だじんじんと快感を伝えてくる。

たまらずにコレットは、うずうずと腰をうねらせてしまう。

フェリクスの手が、コレットの脚の付け根へと伸ばされる。

そしてそこにある割れ目を指の腹でそっとなぞられれば、ぞくぞくと背筋に何かが走った。

求めている刺激がそこの奥にあると、コレットは自覚する。

割れ目にフェリクスの指先が沈む。思わずコレットの腰が小さく跳ねた。

すると粘度のある水音がして、コレットは羞恥に苛《さいな》まれる。

「よく濡れている。ちゃんと気持ちが良かったんだな」

どこか安堵したように、フェリクスがつぶやくのが不思議だ。

「だってフェリクス様が触るから……」

好きな人に触れられたら仕方がないのだと涙目で言えば、彼の白い喉が、またこくりと動いた。

溢れ出ている蜜を指先で掬《すく》うと、フェリクスはコレットの敏感な襞《ひだ》の内側をなぞるように、何度もぬるぬると往復させた。

その指先が、襞の奥に隠されていた敏感な芽に触れて、コレットがびくりと小さく震える。

「――見つけた。先ほどもコレットは、ここでよく感じていたな」

「ああっ……！」

小さな神経の塊を根本から擦りあげられて、痛みにすら感じる強烈な快感に、思わずコレットは目の前のフェリクスに縋《すが》りついた。

「フェリクス様、そこは、だめです……！」

必死に助けを求めるが、フェリクスは楽しそうに、さらにコレットを追い詰めんと皮に包まれたその慎ましやかな芽を刺激し続ける。

「や、ダメ……あっ……！」

果てが近づき、その本能的な恐怖から、コレットは思わず逃げようと腰を引こうとした。

だがフェリクスは逃すまいとさらにコレットに体を押し付け、執拗に赤く腫れ上がった花芯を押し潰した。

「あああああっ……！」

コレットは大きく背中を反らせ、高い声をあげて絶頂に達した。

全身から汗が吹き出し、ぎゅうっと胎内が内側に引き絞られ、ひくひくと脈動する。

「うあ、あああ……」

筋肉が硬直し体ががくがくと震え、やがて弛緩《しかん》してむず痒《かゆ》いような感覚が広がっていく。

「はっあ、っあ……」

切れる息を整えながら、絶頂の快感の残滓《ざんし》に耐えていると、フェリクスの指が何かを確かめるように蜜の滴るそこを彷徨い、やがて蜜口の場所を見つけ、そっと入りこんだ。

その狭い隘路は侵入を拒むように、フェリクスの指を締め付ける。

「……やっぱり狭い……本当にここに入るのか……慣れれば拡《ひろ》がるとは言うが……」

何やらフェリクスが、真剣な面持ちでぶつぶつといっている。

いざとなれば赤子も出てくるのだから、多分なんとかなるような気がするのだが。

「コレット。痛かったら我慢しないですぐに言ってくれ」

「……大丈夫です。初めてはどうしたって痛いものといいますから」

多少の痛み、多少の流血は覚悟していた。フェリクスから与えられるものであれば、痛みとて甘美に感じるのではないだろうかと思う。

それにしてもフェリクスは、一体何故そんなに自信がなさげなのだろうか。

優しく丁寧に触れてもらっているので十分に気持ちが良いのだが、なぜか手慣れている感じはしない。

体の内側を触られるなんとも言えない異物感に耐えながら、コレットは身を固くしつつ彼の指を受け入れる。

コレットの体の強張りに気付いたのだろう。彼女の気を紛らわせるためか、フェリクスがまた口付けをしてくれる。

彼の唇に神経を集中させ、下腹部の違和感から目をそらす。

するとフェリクスは膣壁を探るのと連動させるように、陰核も押し潰し始めた。

「んっ……んんっ……」

わかりやすい快感で不快感が散らされ、次第に掻痒感に似た何かを内側に感じるようになってくる。

蜜もまた滲《にじ》み出《だ》して、フェリクスの指が滑らかに動くようになり、妙に息が上がるようになったところで。

彼の指がそっと引き抜かれた。空虚になったそこに、妙な喪失感がある。また何かで満たして欲しくなるような。

「コレット。いいだろうか……？」

その意味を正しく把握して、コレットはこくりとひとつ頷いた。

フェリクスがそっと何かを押し当ててくる。指よりもはるかに太く、熱いものを。

ぐっと入り込んできたものに、蜜口が大きく開かれた、その時。

「――くっ」

フェリクスが小さく呻き、それが弾けた。

一度大きくびくりと大きく跳ねて、コレットの内側に何かが注ぎ込まれる。

びくびくと何度か痙攣《けいれん》し、やがて蜜口に感じていた圧迫感が失われる。

（………あら？）

緊張し目を瞑っていたコレットは、何があったのかと恐る恐る瞼《まぶた》を上げた。

するとそこには顔を真っ赤にし、目を涙で潤ませ、手で口を押さえたフェリクスがいた。

色っぽいなんてものではない。存在自体が猥褻だ。

そんなものを見てしまったコレットの顔も、負けず劣らず真っ赤になった。

「……すまない。コレットに触れている間、ずっと我慢をしていたから……」

そしてフェリクスは、何やらうだうだと言い訳を始める。

コレットはただぼんやりと、そんな彼を見つめていた。相変わらずの圧倒的美である。

「コレットが可愛すぎて、あの、その……」

とうとう言い訳も尽きたらしいフェリクスが、とうとう口篭《くちごも》ってしまった。

「黙っていてすまない。実は俺も初めてなんだ……」

そして唐突に、泣きそうに顔を歪《ゆが》めてとんでもないことを懺悔し始めた。

脳内がお花畑になっていたコレットも、流石に驚き目を見開いた。

そんな色気溢るる魔性の見た目をしておきながら、まさかの童貞。

「だができるだけ頑張るので！　見捨てないでくれ……！　頼む……！」

しかも何やら決意表明を始めた。もう可愛いしかない。

確かに彼は一生懸命頑張っていた。自分の快感を追うことなく、コレットを優先してくれた。

何度も何度もコレットの様子を窺い、時に許しを乞いながら、必死に。

コレットは思わず手を伸ばし、幼かった頃の弟にしていたように、彼の頭を撫でた。

なんとなく、そんな彼に報いたかった。そう、褒めてあげたかったのだ。

子供のように頭を撫でられた彼は、一瞬驚いたように目を見開いたが、すぐに心地よさそうにその目を細めた。

「それなら私たち、初めて同士でお揃《そろ》いですね」

コレットがにっこりと微笑むと、フェリクスはまた目元を赤くする。

「だったら一緒に、少しずつ覚えましょう」

フェリクスが縋《すが》り付くようにコレットを抱きしめた。

彼の長い黒髪が滑り落ちてきて、視界が艶やかな闇に包まれる。

「それに実はちょっと嬉しいんです。こんな可愛いフェリクス様を知っているのは、私だけなのですね」

コレットも彼の背中に手を回し、ぎゅっとしがみついた。

「……ああ、そして一生君だけだ」

「ふふ。嬉しい……」

こんなにも美しくて可愛いものを独占している自分は、なんて罪深いのだろう。

すると目の前にあるフェリクスの喉が、またゆっくりと上下した。

「……コレット。もう一度、挑戦させてくれないか？」

フェリクスの初めて宣言にすっかり緊張が解けていたコレットは、「はい」と今度はちゃんと言葉で返した。

いまだよく濡れたままのコレットの蜜口に、すっかり力と硬度を取り戻したものが、そっと充てがわれる。

コレットは彼を受け入れるため、息をゆっくりと吐き、体の力を抜くように心がける。先ほどよりも、少し精神的に余裕ができていた。互いに初めて同士故に、気負いがなくなったのかもしれない。

「っ……！」

そして己の内側にめり込んでくるその圧迫感と、何かが引きちぎられたような鋭い痛みに、思わずあげそうになった悲鳴を飲み込んだ。

フェリクスもまた眉間に深く皺を寄せ、必死に何かを堪えるような顔をしていた。

非常にゆっくりと、腰は進められる。いっそのこと一気に奥まで突っ込まれた方が楽なのではないかという疑惑があったが、彼のそんな必死の表情を見たら、何も言えなかった。

長い時間をかけ、ようやく全てがコレットの中に入り切った時には、二人ともすでに息も絶え絶えだった。

「大丈夫か……？」

心配そうに聞いてくるフェリクスに、コレットは必死で笑みを作った。

正直股関節も骨盤も蜜口も限界まで開かれて腰が外れそうな上、繋がった場所はじくじくと耐え難い痛みを伝えてくる。

それでもコレットは、満たされていた。

彼のものになれたことが、嬉しくてたまらない。

そして先ほどからフェリクスの汗が、ぽたぽたとコレットの上に落ちてくる。

彼はひどく苦しげな顔をしており、コレット以上に余裕がなさそうである。

「……フェリクス様こそ、大丈夫ですか？」

思わず心配になったコレットが聞けば、彼は眉を下げ、困ったような顔をする。

「やっぱりダメかもしれない」

「え……」

「一度出したから、保つだろうと思ったんだが……」

フェリクスがまたコレットを強く抱きしめた。彼の腰がわずかにかくかくと震えている。

「コレットの中が気持ちが良すぎて……またすぐに達してしまいそうだ」

情けなさそうに言うその顔が、下がった眉尻が、とても可愛くて。

コレットは思わず吹き出し、また笑ってしまった。

「別に良いじゃないですか。また次がありますから」

今日は格好悪くとも、また次、頑張ればいいのだ。

誰しも初めてではあるし、自分たちには、まだいくらでも機会があるはずだ。

「……動いてもいいか？」

辛そうに聞かれれば、コレットは頷くしかない。

もちろん痛みは依然としてあるが、しばらく動かないでいてくれたおかげで随分と慣れた気がする。

フェリクスがゆっくりと一度腰を引き、また押し込む。

引き攣《つ》れる感じはあるが、耐えられないほどではない。

「大丈夫です。好きにしてくださいませ」

「──っ」

コレットの言葉に、フェリクスが小さく唸《うな》るような声を上げた。

そして腰の動きは徐々に速く強くなり、最後には打ちつけるたびに乾いた打擲《ちょうちゃく》音と、卑猥な水音が響く。

「あっ、やっ……！　ああっ……！」

「──っ！」

それほどの時間をおかず、フェリクスは息を詰めて、コレットの中に己の欲を吐き出した。

繋がった場所がひくひくと脈動を繰り返している。何か熱のようなものが腹の中にじわりと広がっていくような感覚がした。

コレットの中でぬるぬると何度か己を扱いたのち、フェリクスはまたコレットを胸の中にギュッと抱き込んだ。

頭二つ分近く身長差があるからか、コレットはフェリクスにすっぽりと包み込まれてしまう。汗が滲《にじ》んだ肌を重ね合えば、そのまま一つになってしまいそうな、幸せな錯覚に満たされる。たとえそれが、偽りで作られた幸せであっても。

(やっぱり私、ここにいたい……)

フェリクスの温もりに包まれ、コレットがやってきた睡魔に身を委ねようとした、その時。

「ひゃっ……！」

コレットの中に入ったままのフェリクスものが、また大きく硬くなっていた。

(え……？　これってそんな何度もするものなの……？)

コレットとてかつては箱入りのご令嬢だったのだ。それについての大まかな概要は知っていても、詳細な仕組みを知っているわけではない。

恐る恐るコレットは、フェリクスの顔を見上げた。

彼の顔は赤らみ、目は懇願の色を宿して潤んでいる。

その壮絶な色香に、コレットの腰は砕けた。

(無理……もう無理なのに……！)

「コレット……もう一度いいか？」

だがその顔で、そう請われて、否と言えるほどコレットの意志は強くはなく。

結局頷いてしまったコレットは、その後意識を失うまでフェリクスに身体中を愛撫《あいぶ》され揺さぶられることとなった。


フェリクスの腕の中で、コレットはふと目を覚ました。

どうやら朝が近いらしい。うっすらと空が明るくなっている。

「起きたのか、コレット」

胸元で響く極上の声に、コレットの背筋をぞくぞくと震えが走った。

「フェリクスさま……」

名を呼ぶ声が、何やら酷く掠《かす》れていた。結局昨夜、途中から記憶がない。

（……まさか夜の方まで魔王並みとか……！）

フェリクスは最初の方こそ辿々《たどたど》しかったが、すぐにコレットの感じる場所を把握してしまった。

おかげでコレットは、その後何度も高みに昇らされ、散々喘がされ泣かされ、最終的には赦《ゆる》しを乞いながら気絶するように意識を失う羽目になった。

神はいくらなんでも彼に色々と与えすぎだろう。

本人がごく善良な人間だから良かったものの、人格まで魔性だったら本当に国がいくつか滅んでいたかもしれない。

コレットは恐る恐るフェリクスの顔を見上げてみる。

そこには幸せそうな顔をした、色気がダダ漏れの淫魔がいた。

（あ、やっぱり無理）

コレットは速攻で視線を逸らした。どうやら人間が見てはけないものだったようだ。

「まだ朝まで時間はあるから、もう少し寝ているといい」

そう言ってフェリクスは、愛おしそうにコレットの髪を指で優しく梳り始めた。

頭皮を滑る彼の指が気持ちよくて、コレットはうっとりと目を細める。

するとフェリクスの喉がこくりと上下に動いた。一体どうしたのだろう。

「フェリクス様は、お眠りにならないのですか？」

このままでは自分だけが寝かしつけられてしまう。コレットが問えばフェリクスは困った顔をした。

「戦場での生活が長かったからか、最近ずっと眠りが浅いんだ」

だから今も、少しコレットが身じろぎしただけで起きてしまったらしい。

「そんな……！　睡眠不足は健康と美容に悪いです。すみません。私が隣にいたからですよね」

「いや、男だから美容は比較的どうでも良いが」

「どうでもよくありません。フェリクス様のお顔は我が国の至宝ですから」

「え？　そこまで……？」

ふむ、とコレットは考え込んだ。

これはフェリクスが落ち着くまで、新婚早々寝台を分けた方が良いかもしれない。

「では明日から別の部屋で寝ましょうか」

「断る」

提案は速攻で拒否された。まるで風の如き速さである。

「え？　でも……」

「死んでも嫌だ。だって夫婦は一緒に眠るものだろう？」

「え？　そこまで……？」

逃さないとばかりにフェリクスは、ぎゅうっとコレットを抱きしめた。

その際に、硬い棒状のものがコレットの太ももに当たった。

「…………」

流石にこれ以上は無理なので、コレットはそれに気づかないふりをした。

昨夜あんなに何回もしたというのに、彼の体は一体どうなっているのだろう。

「わかりました。けれど睡眠不足で辛くなったらすぐに言ってくださいね。絶対に我慢してはダメですよ」

「ああ、約束する」

フェリクスがまたコレットの髪を梳り始める。

昨夜散々酷使された体は、未だ睡眠不足だったのだろう。

地肌を滑る指先が心地良く、コレットはすぐにうとうとと船を漕《こ》ぎ始め、そのまま夢の世界に旅立ってしまった。

次にコレットが目を覚ますと、隣にフェリクスはいなかった。

ぼうっとした頭で辺りを見渡すと、窓の外が随分と明るい。

太陽はすでに、空の真上にいた。

(嘘……！　もうお昼過ぎてる……！)

慌てて起きあがろうとするが、腰が抜けていて動けない。

だが全裸のままでは、侍女を呼ぶこともできない。

コレットは昨夜筋肉を酷使しすぎたためにぷるぷると震える体を叱咤しつつ、サイドテーブルにかけられているネグリジェに必死に手を伸ばす。

なんとか届いた指先にネグリジェを引っ掛けて引き寄せ、頭から被ればようやく人心地ついた。

昨夜あんなにも汗をかいたのに、肌の表面はさらりとしている。

もしかしたらフェリクスが清拭《せいしき》してくれたのかもしれない。

恥ずかしいような気がするが、昨夜の痴態を思えばたいしたことではない気もする。

(さて、とうとう取り返しのつかないところまで来てしまったわね……)

嘘をついてまでフェリクスの妻になったのだ。

ならばせめて彼の役に立って、彼を幸せにしなければ。

それがコレットにできる唯一の贖罪のように感じた。

◇◇◇◇

一方その頃フェリクスは、父である前公爵ロドルフと昼食をとっていた。

「……おい。コレットはどうした?」

「まだ寝ています。よく眠っていたので、起こすのは忍びなく」

これまでしっかり者のコレットは、昼食どころか朝食の席でさえ寝坊したことがない。

それで大体のことを察したのか、ロドルフは呆《あき》れたような目で息子を見た。

あんな華奢な娘が戦場帰りで体力が有り余っている軍人に付き合わされたのだ。それはそれは疲れ果てたことだろう。

「……あまり無理をさせるな」

「はい。反省しております」

ほとんど表情が変わらないまま宣《のたま》うフェリクスに、ロドルフはため息を吐いた。

我が子ながら表情が乏しいため、昔からいまいち何を考えているのかよくわからないのだ。

だが、選んだ女だけは褒めてやろうと思い、ロドルフは口を開く。

「お前はどこか抜けたところがあるからな。変な女に騙されるのではないかと心配していたが。どうやら儂に似て、女を見る目はあったようだな。……コレットはとても良い娘だ」

「ええ。自分でもそう思っています。コレットは素晴らしい女性ですから」

堂々と惚気《のろけ》る息子に、ロドルフはまた呆れたような目を向けた。

帰ってきたばかりの時は、コレットに対しどこか余所余所《よそよそ》しい態度をとっていたため、妻を放置して他に好いた女でも作ったのかと心配していたのだが。

一晩経ったら、なにやら想定以上にメロメロになっていた。ロドルフは良かったと安堵する。

コレットはすでにここバシュラール公爵家において、なくてはならぬ存在になっていた。

太陽のように明るかった妻を亡くしてからというもの、顔はよく妻に似ながら何故か無口で無愛想な息子と二人きりになってしまい、この家は明かりが消えてしまったかのようだったのに。

コレットがこの家に来てからというもの、重苦しかった家全体が一気に華やいだ。

彼女が家政の多くを引き受けてくれたためにロドルフ自身にも余裕ができ、明るく話しかけてくる女主人に、使用人たちにも笑顔が増えた。

よって今更息子が他の女を家に入れるなどと言いだしたら、うっかり息子の方を追い出してしまうところであった。危なかった。

ずっと苦労をしてきたのだ。あの子には幸せになってもらわねば困る。

「正式にお前たちの婚礼を挙げねばな。国王にもまだ届出てはいないのだろう」

「コレットに求婚したのは戦時下でしたから。随分と彼女を待たせてしまいました」

父と息子で各々コレットに想いを馳《は》せる。二年も待たせたのに文句ひとつ言わない健気な嫁を。

「ちょうどもうすぐ社交の季節です。コレットを連れて王都へ行こうかと」

「そうだな。そこで陛下に報告するといい。式はこの屋敷で、半年以内を目処《めど》に準備を……」

「半年……それなんとか三ヶ月以内くらいになりませんか？」

「……ならぬな。貴族の婚姻をなんだと思っているんだお前は。本来ならもっと婚約期間を置くのが普通だぞ」

珍しい息子のわがままに、ロドルフはくくっと喉で笑った。

彼は一刻でも早く、コレットを名実ともに正しく己の妻にしたくて仕方がないのだろう。

「……ああ、それから王家には苦情を入れます。アングラード子爵家に対する対応について」

フェリクスはコレットがこの家に来るまでの経過を聞き、実のところ怒り狂っていた。

特に戦場となったアングラード子爵領に対する、国の不誠実な対応に対してだ。

おそらく当主を亡くしたことで、残ったのが世間知らずの寡婦と嫁入り前の娘、それから爵位を継ぐには幼い息子であったために、軽視されてしまったのだろう。

アングラード子爵家への復興支援金は後回しにされたか、もしくは着服されたかのどちらかだと想定できた。

「――ふざけた話だ」

忌々しげに言うロドルフに、フェリクスは顔を上げて父を見やり、それから頭を下げた。

「父上。この二年間、コレットを守り、助けてくださり、ありがとうございます」

ロドルフは驚き目を見開いた。息子から礼を言われるなど、一体どれほどぶりか。

父と息子の仲は、決して悪かったわけではない。ただお互いにそこまで関心がなかっただけで。

確かにこの家に来た頃のコレットは、酷く痩せ細り、今にも死んでしまいそうな風情だった。

バシュラール公爵家が彼女を受け入れなければ、一体どうなっていたことか。

「……ふん。お前の父として、あの子の舅《しゅうと》として、当然のことをしたまでだ」

ロドルフがそういえば、フェリクスはほんの少しだけ口角を上げた。

その顔に亡き妻の面影を感じ、ロドルフはうっかり目頭が熱くなったのを、必死に堪える。

まさか息子とこんな会話ができる日が来るなんて思わなかった。全てコレットのおかげだ。

「食事を終えたらコレットを起こしてやれ。あれは酷く真面目だから、休めたと思うより一日の半分を無駄にしてしまったと落ち込みそうだからな」

「……はい。そうですね」

なにやら少し物言いたけに、フェリクスは答えた。

おそらく夫である自分よりも、舅であるロドルフの方が彼女を理解したような口を利くのが嫌だったのだろう。

「それと腹を空《す》かせているだろうから、なにか軽い食事を持っていってやるといい」

「……それくらい私だってちゃんと考えていました。ご心配には及びません」

わずかに口を尖らせて言う息子に、とうとうロドルフは小さく吹き出してしまった。

久しぶりに息子の、人間らしい姿を見たような気がする。

思い返せばフェリクスは、昔からものを大切にする子だった。

ロドルフが十歳かそこらの彼に贈った万年筆を、大人になった今も使い続けているほどに。

ならばきっと妻のことも、一生大事にすることだろう。

「そうだったな。お前の思うように、大切にしてやるといい」

楽しくもなんともない父との食事を終えたフェリクスは、そのまま調理場に赴き、コレットのための軽食を作らせた。

それからその軽食を乗せたトレーを手に、夫婦の寝室へと向かう。

この二年コレットと共に過ごし、すっかり骨抜きにされている父が羨ましくてたまらない。

戦争さえなければその二年間、彼女とべったり過ごしていたのは、自分だったはずなのに。

(まあ、あの戦場がなければ、彼女と出会うこともなかったんだが)

部屋に戻るとすでに目を覚ましていたらしいコレットは、ネグリジェを纏い身を起こしてぼうっとしていた。

「あ、フェリクス様。おはようございます」

そしてやってきたフェリクスに気付いた彼女はにっこり笑ってそう言い、それから窓の外を見て、申し訳なさそうに俯いた。

「……明らかにおはようございます、の時間ではないですね……」

「そうだな。だが俺のせいだから、気にしないでくれ」

しょんぼりする妻が、とても可愛い。

そもそもコレットが寝坊したのは、フェリクスが初めての彼女を酷使し、抱き潰してしまったことが原因だ。つまり全ての非はフェリクスにある。

(……だってものすごく気持ちが良かったんだ……)

それは妄想していたよりもずっと、気持ちの良いものだった。この世にこんな快楽があるとは。

彼女の中は柔らかく、温かで、それでいてフェリクスを絶妙に締め付けてくれた。

気がついたらフェリクスは、無我夢中で彼女に腰を振っていた。

彼女の奥で吐精した時は、途方もない快感に襲われ、そこが溶けてしまうかと思った。

そして脱童貞をして迎えた朝は、非常に清々しかった。なにやら妙な万能感すらあった。

「あの……体も綺麗にしていただいたみたいで……ありがとうございます」

恥ずかしそうに身を縮めて頭を下げる妻が、これまた可愛くて直接下半身に響く。

昨夜も疲れ果てたせいでちっとも目を覚さないコレットの体を清拭するのは、苦行だった。

流石に紳士として、寝込みを襲うわけにはいかない。だが柔らかなコレットの肌に触れると、これまたすぐに下半身に血が集まり、自己主張をし出すのだ。

フェリクスは煩悩を打ち消すことに必死になった。

覚えたばかりの快楽に、明らかに理性が負けている。

まさか自分がこんなにも性欲が強い男だと思わなかった。

(十代でもあるまいし、しっかりしろ自分……！)

持ってきた軽食のトレーを寝台横の脇机《サイドテーブル》に置き、寝台に腰掛けると、スープを匙《さじ》で掬ってコレットの口元へ運ぶ。

腹が空いていたのだろう。彼女は本能のまま素直に口を開き、その匙をぱくりと咥えた。

(か、可愛い……)

それはまるで鳥の雛《ひな》に給餌をしているようで。

楽しくなってついせっせと彼女の口元へスープを運んでいたら、しばらくしてようやくこのおかしな状況に気づいたらしいコレットが、口を開けてくれなくなった。

「じ、自分で食べられます……」

顔を赤らめて言う彼女が可愛くて。ついフェリクスは言ってしまった。

「俺が君に食べさせたいんだ。頼む。やらせてくれ」

するとコレットは何かを逡巡《しゅんじゅん》するように数秒頭を抱えたのち、真っ赤な顔を上げて小さく口を開いてくれた。

その顔ときたら。思わずその唇を匙ではなく己の唇で塞ぎ、喉奥まで舌を突っ込んでやりたくなるほどに可愛かった。

ちなみにパンも小さくちぎって口に運んでやった。その時はもう色々と諦めてしまったらしく、若干虚無の目をしてその小さな唇を開いてくれた。

全てを食べ終えた彼女は、「ありがとうございます」とまた小さな声でお礼を言ってくれた。

むしろお礼を言うべきはフェリクスな気がした。

なんせ好き放題楽しくやらせていただいたので。

「ギヨームに聞いたが、今日は特になんの予定もないらしい。ゆっくりしているといい」

「でも……このまま寝台でゴロゴロしているのも、なんだか落ち着かなくて」

戦争が始まってからずっと働き続けていたコレットは、休むことが苦手らしい。

常に『何かをしなければ』という強迫観念に駆られているようだ。

時間を、体力を、少しでも無駄にしたくないというように。

(ずっと、死が身近にあったからかもしれないな……)

いつ死んでも後悔がないように、無駄を嫌い常に全力で生きる癖がついているのかもしれない。

そのことを、フェリクスは痛々しく思う。コレットはまだ年若い女の子だというのに。

「じゃあ庭を散策しつつ、俺の話し相手をしてくれないか？　久しぶりに家の中を見ておきたい」

フェリクスの言葉に、コレットは嬉しそうに笑った。

「それでは着替えるので、少しお待ちいただけますか？」

「別にそのままで良いだろう？　どうせ屋敷の中だし」

「それでも使用人の目がありますから。それなりに気は使わないといけません」

そしてコレットは着替えようと寝台から立ちあがろうとして、そのまま床にぺたりと座り込んでしまった。

思った以上に足が萎えていたらしい。

やはり無理をさせてしまったと、フェリクスは深く反省した。

抱かないという選択肢はないのだが、もう少し回数は控えようと思う。

腰をかがめて冷たい床に座り込んでいるコレットを掬い上げるように抱き上げると、子供にするように片腕で腰を支えた。

落ちると思ったのか、コレットの細い腕が慌ててフェリクスの首に縋るように巻きつく。

「ふぇ、フェリクス様……！」

そしてそのまま部屋を出ると、コレットが咎めるような声を上げた。

だがそれを無視してすたすたと廊下を歩く。途中何人かの使用人とすれ違ったが、仲の良い当主夫妻をほっこりと生温かく見つめ、頭を下げるだけだ。

恥ずかしいのか、コレットは目を潤ませ顔を赤くしている。とても可愛い。

生真面目すぎるのだろうな、と思う。少しくらい気を抜いたって良いものを。

「じ、自分で歩けます……！　それにまだ着替えてもいないのに……！」

「大丈夫だ。誰も気にしていない。俺が君を抱いて歩きたいんだ」

小柄なコレットなど、抱き上げたままでも全く問題ない。

なんせ戦場で身につけていた鎧《よろい》の方が、彼女よりも遥《はる》かに重いのだ。

庭園に出て、蔓薔薇《つるばら》が巻き付いた四阿へ向かう。

春らしく、どこもかしこも花が咲き乱れている。

庭師が丹精込めて育てているのだろう。まるで夢のように美しい。

戦場に比べれば、ここは天国のようだ。

フェリクスは四阿の中に設置された長椅子に腰をかけると、コレットを膝の上に乗せた。

どうやら彼女は諦めてしまったらしく、抵抗せずに素直にフェリクスの膝の上に座った。

またしても、若干虚無の目をしているが。

「春だな……」

話を聞いてくれと庭園まで連れ出したものの、話題が見つからずに困ったフェリクスがそう言えば、コレットは小さく吹き出して、くすくすと楽しそうに笑ってくれた。

「春ですねえ……」

会話は続かないのに、不思議と焦りはない。

むしろその静寂が、心地良いくらいだ。

春とはいえ、外はまだ肌寒い。ネグリジェのままのコレットの体が冷えぬよう、フェリクスは上着を脱ぎ彼女の肩にかけて、背後から包むようにその小さな体を抱きしめる。

「ああ、そうだ。社交シーズンが始まるから、来月中旬頃には王都へ出ようと思っている」

そうしてようやく思いついた話題は、連絡事項であった。

本当にどうしようもないと、フェリクスは内心頭を抱えつつ、コレットに詳細を伝える。

社交の季節は気候の良い初夏だ。戦争のせいでここ三年ほどまともに社交が行われていないため、戦勝の祝賀も兼ねて今年は盛大に行われることだろう。

「そうなのですね……」

少し寂しそうに、自分が留守番であることを前提として相槌を打つコレットが少しおかしい。結婚した男は社交の際、妻を帯同することが普通だというのに。何故そこに思い至らないのか。長く離れていたからか、彼女はどこか自分がフェリクスの妻であるという自覚が薄い気がする。

ようやく再会したばかりなのだ。まだまだ互いの存在に慣れていないのは仕方がない。

これからしっかりと自覚してもらわねば。

「もちろんコレットも俺とともに王都にいくことになる。君は俺の妻なのだから」

「……え？　ああ！　そうでした！　私も一緒ですよね……！」

ぽん、と手を叩いてようやく認識するあたり、しっかりしているのにどこか抜けている彼女が、とても可愛い。

「まあ、まだ神殿と王家に申し出ていない以上、正式な妻というわけではないから婚約者という扱いにはなるだろうが」

フェリクスの中で、コレットはすでに妻であるが。

速やかに、そして名実ともに、彼女を妻にしたい。

「そして王都で一ヶ月ほど滞在する予定だ。その際君との結婚を王家に報告しようと思っている。コレットは社交の経験は？」

「一応王都で十七歳の時に社交界デビューは致しましたが、その後すぐに戦争が始まり、アングラード子爵領が戦場となってしまったので……」

ほとんどないに等しいのだと、役に立てそうにないと、コレットは肩を落とし申し訳なさそうに言う。

「仕方のないことだ。少しずつ覚えていけばいいさ」

だがそのおかげでコレットが誰にも摘まれることなく、フェリクスの手に落ちてきたのだと思うと、自分にとっては幸運だった気もする。

多大な苦労をした彼女には、とても言える話ではないが。

「そう言えばその時、求婚状をいくつかの家からいただいたんですよ」

「…………！」

ふふっと笑いながらのコレットの言葉で、フェリクスに衝撃が走るが、それもよく理解できる。

なんせコレットはめちゃくちゃに可愛いのだ。さらにはその全身から、気立ての良さが滲み出ている。

彼女はフェリクスが子供の頃から妄想していた、理想のお嫁さんそのものなのである。

そしてフェリクスがそう思うということは、他の男たちもそう思うということで。

「……それらは、どうなったんだ？」

恐る恐るフェリクスが聞けば、コレットは肩をすくめて困ったように眉を下げた。

「戦争が始まってすぐに、皆様から辞退の連絡がきましたわ」

なんせ生家の領地が戦場となり、結納金も見込めないような娘だ。

妻にする理由がなくなったと彼らは判断したのだろう、そう言ってコレットは笑った。

「だから本来私は、フェリクス様と到底釣り合わない女なんです」

少し寂しげに、そして申し訳なさそうに言われた言葉に。

苛立ったフェリクスは、そんな自虐的なことを言う彼女の悪い唇を、己の唇で塞いだ。

「んむっ……」

突然のことに驚いたコレットが、鼻にかかった甘い声を上げる。

その声が、やたらと腰に響く。

コレットの唇を味わいながら、『馬鹿共め』とフェリックスは心の中でかつての彼女の求婚者たちを罵り嘲笑う。

コレットの存在自体が宝だ。たかが持参金が望めない程度で諦めるなどと、愚かしいことこの上ない。

だがそんな愚か者たちのおかげで、コレットは今、フェリクスの妻なのだ。

そのことだけは、感謝してやろうと思う。

そうだ。王都に行ったらコレットを着飾らせて、その手を引いて色々なところに連れ回そう。

そして勝手に彼女の価値を低く見積もり、彼女を傷つけた愚か者共に、見せつけてやるのだ。

さぞかし彼らは後悔し、自分は愉快な気持ちになるに違いない。

これまで疎んじていた社交が、生まれて初めて楽しみに感じた。

フェリクスは脱童貞の万能感《ハイテンション》の中にいた。

上がった気分のまま、コレットの唇の内側に舌を差し込み、その温かな口腔内を貪り尽くす。

必死に応えようとして、恐る恐る差し出される彼女の舌が、なんとも可愛らしい。

きゅっとフェリクスのシャツの胸元を握る、小さな拳すらも愛おしい。

ちゅぽんっと少々間抜けな音を立てて唇を離せば、コレットはとろんとした目でフェリクスを見ていた。

またしてもその視線が下半身に効くが、必死に堪える。流石に真昼間の庭園ではだめだろう。

「……コレット。君は素晴らしい妻だ」

この二年間。どれほど彼女がこの家に尽くしてきてくれたのか。父や使用人を見ればわかる。

自分がこの屋敷を出た三年前から、皆すっかり変わってしまった。

どこか陰鬱な雰囲気のあったこの屋敷が、今や明るく光に満ちているようだ。

「何一つ恥じることなどない。胸を張って俺の隣にいてほしい」

フェリクスがそう言えば、コレットは涙を浮かべ彼に抱きつき「ありがとうございます」と震える声で言ってくれた。

そんな彼女は、やはりとてもとても可愛かった。

第四章　王都にやってきました

一ヶ月後、予定通りフェリクスとコレットは王都に向かった。

（……幸せってこういうことを言うんだな）

馬車の中でもコレットを膝に乗せ、その柔らかな桃色の髪に顔を埋めてその匂いを嗅ぎながらフェリクスは思った。

若干虚無の目をしつつも、受け入れてくれるコレットは今日も女神である。

この一ヶ月、フェリクスはさして長くもない人生において、最も幸せな時間を過ごすことになった。

まず朝目覚めると目の前に可愛らしい妻の寝顔がある。それだけで胸がいっぱいである。

うっすらと少しだけ開いた薔薇色の唇が、伏せられた濃い桃色のまつ毛が、死ぬほど可愛い。

その後目を覚ますと、少し眠そうな顔で、けれどもにっこりと笑って「おはようございます」と言ってくれる。

そもそも女の子から笑いかけられることなどほとんどない人生だったので、それだけで毎朝新たに妻に恋に落ちる。

抱きしめて朝の挨拶代わりに口づけを交わす。その度に、死ぬなら今がいいと思う。

朝食はいつも食堂で、父を含めて家族で食べる。これはコレットの提案によるものだ。

貴族は朝食を部屋で食べることが多いのだが、老いた父の様子が心配であるし、家族で顔を合わせる時間も必要であると、二人きりが良いと拗ねるフェリクスにコレットは説いた。

コレット自身、生家での食事は常に家族揃ってとっていたらしい。

だが口下手なフェリクスよりも父の方が圧倒的に多弁のため、いつも朝食の場の主導権を奪われてしまう。それがひどく悔しい。

もちろん気難しい父を相手にしてくれるコレットには、感謝しかないのだが。

そんな息子の苛立ちを知っていて、父は面白がっている。それもまた悔しい。

朝食の後は、父から引き継いだ領主業に勤《いそ》しむ。

成人後はほぼずっと戦場を走り回っていたので、フェリクスが領主として覚えるべきことはまだまだ多い。

だがこの二年、ずっと父の補佐として働いていたコレットが、実に痒いところに手が届くような補助《フォロー》を入れてくれる。

彼女は仕事に的確に優先順位をつけ、フェリクスに持ってきてくれるのだ。

仕事についても、わからないことはわかりやすく教えてくれる。

なんでも戦場で看護の仕事をしていた際、人の命がかかっているため、どう動けば最も要領が良いか常に考える癖がついているらしい。

妻としてだけではなく、部下にも欲しい逸材である。

そして彼女が優秀な分、己の駄目さ加減が身に染みる。

「駄目亭主な上に、駄目領主ですまない……」

「フェリクス様って、どうしてそんなに自己肯定感が低いんですか……？　十分頑張っていらっしゃいますよ。だって私、とっても頼りにしておりますもの」

そしてコレットは、絶対に他人を見下したり馬鹿にするような真似はしない。

（コレットは本当に我が家に降り立った女神なのでは……？）

などと、フェリクスは日々真剣に考えている。

昼食は執務室で、仕事がてら会話をしつつ二人で手軽なものを食べる。

コレットの話はとても面白い。それを聞きつつ相槌を打つのがやっとの自分が情けない。

「むしろそこがフェリクス様の良いところだと思います。話すより聞くことの方が、実は難しかったりするんですよ」

交流下手なフェリクスが落ち込むとそう言って庇ってくれる。とても優しい。

今後も彼女のため、相槌の技術を高めていこうと思う。

そして夕食はまた家族で集まって食べ、食後のお茶も共にする。

父はコレットを実の娘のように可愛がっており、実の息子は基本放置されている。

適宜コレットが父と子両方に話を振ってくれるので、なんとか場が保たれているが。

相変わらず父のことは好きでもなければ嫌いでもないが、こうやって交流が持てるようになったのは、ただただコレットのおかげである。

夜になれば毎日抱き合って眠る。最高である。

最近ではその行為にもすっかり慣れて、互いに高め合えている気がする。

コレットがフェリクスの名を呼びながら達する時や、彼女の中で果てる時など、やはり死ぬなら今がいいと思ってしまうような多幸感に満たされる。

そして満たされたまま眠りについて、朝日が覚めれば、また彼女の可愛らしい寝顔があるのだ。

つまり端的に言って、フェリクスはこの一ヶ月間死ぬほど幸せだった。

「フェリクス様、見てください！　野うさぎがいます」

コレットがフェリクスの膝から身を乗りだし、馬車の窓に指を指す。

その指の先には小麦色をした小さな兎《うさぎ》が、後ろ脚で立ち上がってこちらを見ている。

「可愛いですね……！」

そう言って子供のように衒《てら》いなく笑う、コレットこそが可愛い。

社交シーズンということで、街道も混んでおり、王都にあるバシュラール公爵家の王都別邸《タウンハウス》に着いたのは、二日後、随分と陽が傾いてからのことだった。

フェリクスは自分の肩にもたれて眠ってしまったコレットを、そっと抱き上げて寝室へ運ぶ。

慣れぬ長時間の移動で疲れてしまったのだろう。

抱き上げたまま歩いても、寝台に寝かせても、コレットは全く目を覚まさなかった。

コレットは小柄で持ち運びが楽なこともあり、しょっちゅう片腕で抱き上げて運んでいるからか、フェリクスの腕に慣れてしまっているのもあるだろう。

(むしろずっと抱き上げたまま暮らしたい……)

ぬいぐるみを抱いて持ち歩く小さな女の子のように、フェリクスもコレットを抱き上げ、腕に乗せたまま一日中を過ごしたい。

流石に嫌がられるとは思うが、頼み込めば一日くらいは付き合ってくれないだろうか。

「では俺は王宮に行ってくる。妻のことを頼む」

王都別邸の使用人たちにコレットを任せ、フェリクスは王宮に向かった。

できるだけ共に過ごすために、面倒なことはコレットが寝ているうちに済ませてしまいたい。

彼女と共にいられる時間を、僅かでも無駄にしたくはないのだ。

王宮に着いたフェリクスは、自身が所属する国軍の事務所に向かう。

そしてその中でも一際大きく、重厚感のある扉の前に立つ。

その内側に人の気配がある。もう夜と言って良い時間だが、まだ働いているようだ。

「フェリクス・レオン・バシュラールです」

「おう、入れ」

許可を得て部屋に入ると、気だるそうに椅子にふんぞり返っている、むさ苦しい男がいた。

フェリクスの上官兼友人であり、この国の第三王子でもあるベルトラン・アシル・エルランジェである。

短く刈られた金褐色の髪に、王族の特徴である空色の目。美形というほどではないが、懐っこそうな愛嬌《あいきょう》のある顔をしている。

元は悪くないのだが、生えっぱなしの無精髭や胸元からチラリと覗く、もさっとした胸毛でどこかだらしなく見えるのだ。

モテたいのなら髭くらい剃《そ》れば良いのに、などとフェリクスは思うが、ベルトランにとって、髭を剃るのは相当な気合いがいることなのだそうだ。

『ありのままの俺を愛してほしいからさ』

などと格好良さげに宣っていたが、単に自分が面倒臭いだけだろう。

とにかく仕事以外、全てがいい加減な男なのだ。

執務机の上には、大量の書類が積み上げられていた。

おそらくは、戦後処理が全く進んでいないのだろう。

よく見ると彼の目の下に隈が貼り付いていて、相当な激務であることが察せられた。

逃げ場のない王族は大変だと思う。ただ命じられるまま戦うだけの方がよほど楽だ。

フェリクスもまた、できる限り戦後処理には関わりたくはなかったのだが、仕方がない。

(……コレットのためだからな)

「よう。ひさしぶりだな、フェリクス。元気にしていたか?」

「はい。つつがなく。殿下はいかがお過ごしでしたか?」

「見ての通りだ。死にそう」

「そうですか。頑張ってください。とりあえず、結婚のご報告に参りました」

それを聞いたベルトランは「へえ、結婚ねえ……」とあまり興味なさそうに呟き、少々沈黙した後、「結婚!?」と叫び直して驚き目を見開いた。

あまりに想定外すぎる言葉に、認識が遅れたようだ。

「――は? 嘘だろ?」

そして即座に否定された。何故だ。納得がいかない。

「いえ、事実です。近く婚礼を挙げるつもりですし、すでに一緒に暮らしています」

「う、嘘だ……。嘘だと言ってくれ……!」

ここまで言ったのに未だ信じようとはしない上官兼親友に、そこまでモテないと思われているのかと、フェリクスは少々苛立つ。

「本当です。私はもう殿下とは違って妻帯者なんですよ」

「裏切り者め……！　ともに生涯独身でいようと誓ったのに！　……因みにどこのご令嬢？」

「そんな誓いをした記憶はありませんね。……因みにアングラード子爵家のコレット嬢です」

「――え？　マジで？」

コレットの名を聞いたベルトランは驚いたように目を見開いた。

「覚えてる覚えてる！　あのやたらと肝の据わったお嬢ちゃんだよな。砂糖菓子みたいにふわっふわした甘くて可愛らしい見た目してんのに、覚悟の決まった目で俺をまっすぐ見据えて、父の仇のためならなんでもするって宣った子だ」

そう、コレットはとにかく肝が据わっているのだ。

でなければあの傲岸不遜な父を嗜めるような真似は、普通できまい。

「いやあ、納得したわ。お前あの頃彼女にメロメロだったもんな。時間ができると何の用もないくせに病院の前に行ってそわそわしてさぁ」

「そんなことをしていましたか」

「だって彼女、兵士たちにすごい人気だったんだよ。『戦場の天使』とか言われててさ」

「でしょうね」

今頃、バシュラール家の王都別邸《タウンハウス》でぐっすり寝ているであろう妻を思い出し、フェリクスは心の底から彼らに同意した。確かに妻は天使である。

「本気で想いを寄せてた奴らも、結構多かったんじゃないか？　お前が牽制《けんせい》しまくっていたから、結局誰も近づけなかったみたいだけど」

「そんなことをしていましたか」

「おい、さっきから他人事みたいに言うなよ……って、そういえばお前、頭打って当時の記憶を失っちゃったんだっけか……。彼女についても何も覚えていないのか？」

フェリクスは俯いた。そう、なにも覚えていなかった。

だが話を聞くに、無くした記憶の中の自分も、コレットに恋をしていたことはわかる。

きっとベルトランの言う通り、うだうだとまともに声もかけられなかったのだろうが。

「常々どうにかして、思い出したいとは思っているんですが……」

フェリクスはコレットと出会った頃の記憶を、惜しんでいた。

「もう一度頭に衝撃を与えてみるか？　なんなら協力するが」

殴る気満々で拳を握りつつ、わくわくと楽しそうなベルトランを、フェリクスは冷たい目で見やる。

「お断りします。殿下に殴られたら、うっかり今の記憶まで失ってしまいそうなので」

確かに頭に衝撃を与えることで失くした記憶を取り戻した、などという都市伝説めいた話を聞いたことがあるが、そんな不確定にもすぎる治療法を試して、逆に今あるコレットの記憶まで無くしてしまうのはごめん被りたい。

「記憶喪失の人間なんて、そうそう転がっているもんじゃないしなあ。後は失った記憶の場所を見て回るとかかな……何かが引っかかって芋蔓式《いもづるしき》に思い出すかもしれん」

「だとしたらアングラード子爵領ですか……」

かつてコレットとともに時間を過ごしたという、アングラード子爵領。

確かにそこへ行ってみれば、何かを思い出すかもしれない。

「ちょうど近く顔を出したいと思っていたので、帰りに寄ってみようと思います」

そこでは今、コレットの弟が頑張っているはずだ。

バシュラール公爵家が出資している以上、フェリクスもその状況を、この目で確認したいと思っていたのだ。

「そんで、どうしてコレット嬢と一足飛びに結婚することになったんだ？」

むしろそこは、フェリクスも知りたいところである。

ベルトランから聞くに、当時は明らかに自分の片想《かたおも》いっぽいのだが。

「失われた記憶の中で、どうやら私は彼女に求婚をしていたらしく」

「——え？　マジで？」

「戦場から帰ったら、彼女はすでに私の妻として、バシュラールの屋敷に暮らしていまして」

「……なにそれ。ものすごい幸運《ラッキー》じゃね？」

「私もそう思いました。どうやら家族のことで、コレットはバシュラール家に頼らざるを得なかったようで……」

バシュラール家を頼ってくれた彼女には、感謝しかない。

それがなかったら記憶をなくした自分と彼女はすれ違ったままで、彼女に指輪を渡していたことも忘れたままだったはずだ。

「いいなあ、俺も部屋に帰ったら、突然可愛い奥さんが待ってたりしないかな……」

しみじみとそんなことを言うベルトランに、無茶《むちゃ》を言うなと思いつつ、フェリクスは若干彼が可哀想になってきた。

多分自分が今幸せだからだろう。既婚者の余裕である。

ベルトランも悪い男ではないのだが、その軽い印象やむさ苦しい見た目から、彼もまた女性にモテないのだ。

これがまた我が国の第三王子という尊い身分でありながら、ちっとも。

同病相憐《どうびょうあいあわれ》むとばかりに、二人はよく女性に縁のない互いを慰め合っていたのだが。

この度フェリクスは一人抜け駆けしてしまった。もちろん反省も後悔もしていない。

「ごめん。俺、お前のこと、顔だけが異常に良い意気地なし男だと思ってたよ……。敵陣にはあっさりと突っ込んでいくくせに、当時コレット嬢には挨拶一つするだけでガッタガタに緊張してたからさ……。実はやる時はやる男だったんだな……」

「自分でもそう思いました。やる時はやれる男だったんですね、俺」

ベルトランの言葉に、フェリクスはしみじみと同意してしまった。

するとベルトランは「自分で認めるなよ」と声を出して笑った。

「まあ、とにかく、結婚おめでとう」

「ありがとうございます。結婚って本当に良いものですよ、殿下」

「結婚した途端に謎の上から目線……！　なんて嫌な奴なんだ……！」

すっかりいじけてしまったベルトランに、フェリクスは小さく笑い、それから表情を引き締めると、再び口を開いた。

「……そして殿下。妻の実家であるアングラード子爵領の状況をどれくらいご存じですか？」

「ああ、あの激戦地だったところだろう？　二年以上前に解放されているはずだから、随分と復興が進んでいるのではないか？」

やはりベルトランに、アングラード子爵家の窮状は伝わっていなかったようだ。

どこかで情報が止まっているのだろう。フェリクスは腹立たしく思う。

「戦地となったことに対する補償どころか、現状を確認するべき役人も未だ来ていないようです」

「……なんだと？」

「おかげで復興はまるで進まず、領民も戻らず、食べるのにも困った彼女が我が家を頼ったという顛末《てんまつ》です。現在は我がバシュラール家が援助しておりますが、それは本来国の仕事でございましょう」

ベルトランが苦々しい顔をする。本当に真面目で公正な男だ。その見た目によらず。

「戦地の復興を急ぐよう、確かに命じたはずだし、特別予算も出ているはずだ。どうやらどこかで何者かがやらかしてやがるな」

「――おそらくは。そちらを殿下の権限で調べていただきたいのです」

「わかった。任せろ」

あの哀れな子爵家から、さらに何かを奪おうとする輩共が、フェリクスは許せなかった。

ベルトランが直接動いてくれるなら、その原因は速やかに特定され、処罰されることだろう。

「報告と相談は以上です。では後日、王宮でおこなわれる予定の戦勝祝賀でお会いしましょう」

「え？　それ以外は王宮に来ないの？」

「はい。特に用もございませんし。それまでは妻とのんびり過ごす予定です」

「用あるじゃん！　俺に会いにくるとかさ……！」

「殿下にも特に用はありませんし……」

酷い！　とベルトランは叫び、すっかり愛妻家になりやがってとさらにいじけた。

「それじゃ戦勝祝賀会は、コレット嬢を同伴するのか？」

「もちろんです。私は今回、妻を見せびらかしに来たので」

フェリクスは思わずニタリと悪魔のような笑みを浮かべた。

なんせこれまで散々フェリクスに対し、結婚できなさそうとか、幸薄そうなどと揶揄った奴らに、目にものを見せてやらねばならないのだ。

いかに自分が、可愛い妻と幸せに暮らしているかを、見せつけてやろう。

そしてコレットに求婚しておきながら手のひらを返した愚かな男たちにも、逃した魚の大きさを知らしめてやらねばならぬ。

そんなフェリクスの笑みが怖かったのか、ベルトランの顔が引《ひ》き攣《つ》る。

「みみっちいことを堂々と言うなよ。お前どんだけコレット嬢が大好きなんだ。それにしても、会場は阿鼻叫喚《あびきょうかん》だろうなぁ……」

ベルトランは思わず遠い目をしてしまった。

フェリクス本人は何故か自分をモテないと思っているようだが、もちろんそんなことはない。

ただ社交界にいる女性たちは互いに牽制しあい、フェリクスに気安く話しかけてはいけない、という謎の不文律を作り守っているのだ。抜け駆けは絶対禁止となっている。

フェリクスは知らぬ間に社交界において神格化されており、時折社交の場に降臨した際は遠くから眺め崇《あが》めるだけの存在として、認識、信仰されているらしい。もちろんお触りは厳禁だ。

当の本人は、全くもって己がそんな存在に昇華されているとは気づかず、ただ自分のことをモテない可哀想な男だと認識しているようだが。

そこにこの度突然ポッと出の没落子爵令嬢が、フェリクスの身も心も掻《か》っ攫《さら》っていったのだ。

会場が騒然となるのは間違いない。想像するだけでベルトランの体にぶるりと震えが走った。

「祝賀会や夜会に参加するのは構わねえが、絶対にコレット嬢から目を離すな、別行動も極力取るな。わかったな」

ベルトランの警告に対し、そもそも離れるつもりがないフェリクスは「もちろんです」と答えた。

その後バシュラール公爵家の王都別邸に戻り、コレットを寝かしつけた寝室に戻れば、出かけている間に目が覚めてしまったのだろう、不安そうな顔をした彼女がフェリクスを待っていた。

初めての場所で、一人にしてしまった。

慌てたフェリクスは、ベルトランへの報告など後にすれば良かったなどと不敬なことを考えながら声をかける。

「ただいま、コレット」

するとコレットは安堵したように微笑み、フェリクスの元へ駆け寄ってきた。

今日も妻が可愛すぎて、心臓が苦しい。

「おかえりなさいませ、フェリクス様」

グッときたフェリクスはコレットを抱きしめると、その唇に口付けをする。

これぞ既婚者の特権であり、醍醐味《だいごみ》である。ああ、結婚とはなんと素晴らしい制度だろうか。

彼女といる限り、これから先もこんな日々が続いていくのだ。

いつものように妻を抱き上げて寝台へ運びながら、フェリクスは己の幸せを噛み締めた。

◇◇◇◇

（き、緊張する……）

王宮の大広間で行われる戦勝祝賀会に際し、コレットは控え室でガタガタ震えていた。

なんせ社交の場に出るのは、社交界デビュー以来だ。マナーにもダンスにもまるで自信がない。

（身につけているものは、一級品なのに。中身がこれだもの……）

この度王都に出てくるにあたり、フェリクスとロドルフが競うように準備してくれた衣装と装飾品はどれもが素晴らしいものだった。

ただそれを着る自分が、全く釣り合っていないだけで。

今日のコレットの衣装は、鮮やかな薔薇色の絹で作られ、袖と裾の縁に金糸で蔓薔薇の刺繍が施された、可愛らしいドレスだ。

動くたびに裾と袖からクリーム色の手編みのレースが、チラリと可憐《かれん》に覗く仕様になっている。

結い上げたストロベリーブロンドの髪には絹と宝石で作られた薔薇を飾り、耳飾りと首飾りは真珠と紅玉で作られたものを選んだ。

そのどれもがただの子爵令嬢だった頃には、手の届かない品々だ。

「……コレット、とても綺麗だ」

フェリクスがうっとりと目を細めて、コレットを見つめる。

「……ありがとうございます」

礼を言って横を見上げれば、そこにいる黒を基調とした儀礼服姿のフェリクスのあまりの綺羅綺羅しさに、コレットの目が眩《くら》んだ。

そう、そもそも何よりも隣に立つ彼に、自分はあまりにも釣り合っていない。

彼の隣にいたら、コレットなど間違いなくぼんやり霞《かす》んでしまうことだろう。

それでも最近彼の顔面に見慣れてきた気がするので、人間の適応力って結構すごいなあ、などと呑気なことをコレットは思っている。

「さて、そろそろ時間だ。行こうか、コレット」

フェリクスから優しく声をかけられて、コレットは覚悟を決めて彼の腕に己の手をかけると、会場である王宮の大広間へと向かう。

見上げるほど大きな門が使用人たちにより左右に開かれ、足を踏み入れた瞬間。――その場に響《どよ》めきが走った。

この会場にいるすべての人々の視線が、一気に自分とフェリクスに集まったのを感じる。

特に女性からの視線が、悪意と敵意と嫉妬を滲ませていて凄まじい。

コレットはすぐに、息も絶え絶えになった。

社交界デビューの時だって、こんなに注目されなかったというのに。

（やっぱりフェリクス様がモテないなんて、絶対に嘘だわ……！）

この刺さるような鋭い視線が、フェリクスの人気を物語っているではないか。

それなのに何故彼は、自分をモテないと思い込んでいるのか。

おかげでコレットがここにいられるのだから、むしろ感謝すべきなのかもしれないが。

フェリクスの妻として社交をこなすのは、思っていたよりも負担が重そうだ。

（多分ご令嬢同士が互いに牽制し合って、抜け駆けしないようにしていたら、誰もフェリクス様に話しかけられなくなってしまった、という顛末《オチ》かもしれないわね）

それどころか、目を合わせることすら禁止されているのかもしれない。

フェリクスが視線を動かすたびに、その方向にいるご令嬢たちが慌てて目を逸らすのだから。

（確かにこれじゃ、嫌われていると勘違いしてしまうかもしれないわ……）

ご令嬢たちもフェリクスも報われない、なんとも哀れな構図を見てしまった気がする。

おそらくフェリクスは元々無表情で話しかけにくい雰囲気も相まって、すっかりご令嬢方に遠巻き観賞用認定されてしまっていたのだろう。

そこへ突然現れた、これまでほとんど社交に顔を出していない没落令嬢が、みんなの憧れの公爵閣下を掻っ攫っていったのだ。

それは確かにふざけるなと思われても、仕方がないかもしれない。

フェリクスの妻には王女殿下が降嫁するくらいでないと、彼女たちは納得できないのではないだろうか。

残念ながら、この国の王家に年頃の王女はいないのだが。

(わ、私、殺されてしまうのでは……？)

コレットの微笑みは、今や恐怖で引き攣り切っていた。

当のフェリクスはそのご令嬢方の視線に気づいていないのか、今にも鼻歌を歌い出しそうなくらいに機嫌が良い。

(表情自体はやっぱりあまり動いていらっしゃらないのだけれどね)

コレットは共に時間を過ごすことで、わずかな表情の動きから、彼の機嫌の上下がわかるようになってきた。

「こういった場に出るのは久しぶりだ」

「あら。そうなんですか？　出征なさる前も？」

「ああ。王家関連のものだけかろうじて出席するくらいだったか。あまり社交の場が得意ではなくて」

どうやらフェリクスは、そもそも社交の場自体にあまり現れなかったらしい。

つまりは出現自体が超稀少《レア》だったため、余計にご令嬢たちは手出しができなかったのだろう。

フェリクスの中身は、実は比較的ぽやっとしたごく普通の男性なのだが、性格を知られる機会もなく、その派手すぎる見た目のせいで想像が先行し、一人歩きしてしまったようだ。

（なんかこう、ちょっと報われない感じがするのよね。フェリクス様って……）

可哀想だなあ、などと思っていると、フェリクスの手がコレットの腰に回され引き寄せられた。

どうやら考え事をしているうちに、少し体が彼から離れてしまったようだ。

顔を見上げてみれば、ほんの少しだけ拗ねたように唇が尖っている。

コレットが自分に構わず思案に暮れていたのが寂しかったのだろう。

一緒にいる時フェリクスは、必ずコレットの体のどこかしらに触れている。

彼がこんなにも触れ合い《スキンシップ》が好きであることも、共に過ごした数ヶ月で知った。

（案外寂しがりやなのよね……）

少しでも暇があれば、コレットのところへ来てくっついている。

彼のそんなところも、可愛くてたまらない。

どこかで小さく黄色い声がした。おそらくコレットの腰を抱くフェリクスの色香に当てられたのだろう。

最初はコレットも彼のその見た目を美しいとか、格好良いとか思っていたのだが。

最近では、可愛い一択である。どこもかしこも可愛くて愛おしいとしか思えない。

祝賀会が始まったが、フェリクスがずっと横にいたために、直接コレットに何かを言ってくるような女性はいなかった。

だがその一方で、戦場で顔見知りになった軍人たちが、次々にコレットの元へ挨拶に訪れた。

「ずっとあなたにお礼を言いたかったのです」

誰もがコレットに腰を折り、礼を言ってくれた。戦場での彼女の献身に敬意を表してくれた。

そして一体何事かとざわめく周囲の人たちに、彼らは戦場におけるコレットの崇高な行いを声高に説いたのだ。

「なんでもコレットは『戦場の天使』と呼ばれていたらしいぞ」

などとフェリクスに楽しげに言われた時は、恥ずかしくてたまらなかった。

父を喪った痛みを、悲しみを、そして憎しみをどうにかしたくて、必死に目の前の傷病兵の看護や残酷な現実に向き合っていた。

そんな高尚な意思を持っていたわけではない。天使だなどと、とんでもない。だがそれでも。

あの地獄のような日々は決して無駄ではなかったのだと、そう思えた。

やがて音楽が流れ始め、各々がパートナーとダンスを踊り始める。

フェリクスもまたコレットの手を取り、その甲に口付けを落とす。

「可愛い人。どうか私と一曲踊っていただけませんか？」

「はい。喜んで！」

コレットはくるりと回ると、フェリクスの腕の中にすっぽりと収まる。

戦争があり、お互いに何年も社交の場に出ていないため、もちろんダンスを公の場で踊ることも数年ぶりだった。

そのためお互いにまるで自信がなく、今日のために散々寝室で練習したのだ。

当初は悲惨だった。お互いにお互いの足を踏みまくり、ひたすら謝り合った。

数年空白期間があるだけで、こんなにもステップを忘れてしまうのだとコレットは驚いた。

ここ十日ほどの弛《たゆ》まぬ努力と持ち前の要領の良さで、相変わらず二人ともダンスが上手いわけではないが、なんとか互いの足は踏まないところまで到達した。

そんな悲惨な状態であったが、フェリクスには人並外れた、そしてコレットにはそれなりの美しい容姿があった。

つまりはダンスの技術力の低さを、良くも悪くも二人は見た目で補っていた。

「……悪いが、コレット以外の女性と踊れる気がしない」

「奇遇ですね。私もフェリクス様以外と踊れる気がしません」

「ではこのままコレットとだけ踊り続けてもいいだろうか？」

本来ダンスは、一曲ごとに相手を変えて踊るものである。

続けて何曲も踊るのは家族や夫、婚約者にしか許されない。

つまりフェリクスがコレットとだけ踊り続けるということは、彼女を特別な女性であると周囲に正式に知らしめることでもあった。

「――良いんですか？」

それなのに、下手なダンスに他人を巻き込みたくないというどうしようもない理由で、このまま彼と踊り続けて良いものか。

踊り続けたら最後、もう後戻りはできない。

その後コレットを手放すにはそれなりの理由が必要になるであろうし、名誉にも傷がつくことになる。

「良いに決まっているだろう。なんせ俺は君を俺の妻だと見せびらかすために、今日ここに来たんだからな」

だがフェリクスがそんなしょうもないことを堂々と自慢げに言うので、コレットは思わず吹き出してしまった。

正直自分は自慢にしてもらえるような人間ではないが、彼のそんな気持ちが嬉しい。

一曲目が終わり、互いに挨拶をする。するとすぐにフェリクスの次のパートナーを狙い、続々と女性たちが近づいてくる。

だがフェリクスは彼女らを無視して、二曲目が始まるまでコレットの腰を抱いたままその側を離れようとはせず、曲が流れ始めたらそのまますぐにコレットをダンスの輪の中へ連れ込んだ。

はっきりとコレットが己の妻となる女性であり、大切な存在であることを周囲に公表したのだ。


そのことが嬉しくて、コレットは彼の腕の中で泣きそうになるのを堪えながら必死に踊った。

そして周囲はコレットの左手薬指に輝く、赤金剛石に気付き始める。

代々の公爵夫人が受け継いできた、稀少な赤金剛石。

それはつまり、コレットがバシュラール公爵家の現女主人であるということを示していた。

此度の戦争の戦功者二人が恋に落ちたことに、もう誰も疑問を持っていなかった。

当初冷たい目を向けてきた女性たちからの視線も、だいぶ和らいでいた。

何曲か踊り続け、流石に息が切れてきた体力のないコレットのため、フェリクスはダンスの輪から抜けると、給仕に命じ飲み物を持って来させる。

グラス同士を小さくぶつけ合わせると、顔を見合わせて笑い合う。

コレットは満面の笑みで、フェリクスはわずかに口角を上げて。

「ふふっ、ダンスも楽しいものですね」

「ああ、俺も初めて楽しいと思った」

珍し過ぎるフェリクスの笑みに、やはり周囲がざわめいた。

「……よぉ、フェリクス。相変わらず幸せそうだな。それから久しぶりだなコレット嬢」

するとそこへこの国の第三王子であるベルトランが、気さくに声をかけてきた。

コレットは慌ててグラスをテーブルに置くと、ドレスの裾を持ち上げ、右足を引き腰を屈《かが》めて目上の者に対する礼を取る。

「お久しぶりでございます。ベルトラン殿下」

「ご機嫌麗しく、殿下」

ベルトランは迎撃軍を率い、この戦争を終結に導いた英雄であり、この戦勝祝賀会の主役でもあった。

不精髭を剃り、胸毛や腕毛を儀礼服の中に隠した彼は、普段とは違い野生的で凛々《りり》しい見た目になっていた。

「ちっきしょー！　幸せそうで羨ましいな！　おい！」

「……いつもその格好をしておられれば、殿下もすぐにお相手が見つかると思いますが」

「やだー。俺はいつもの姿でも受け入れてくれる、聖女みたいな女がいいのぉ」

もっともなフェリクスの言葉に、ベルトランは拗ねたように唇を尖らせる。

その子供っぽい仕草に、コレットは思わず笑ってしまった。

ちなみにベルトランの小汚い普段の形態は、戦場で顔を合わせた時に知っている。

なんの力もないくせに父の仇を取りたいと嘯《うそぶ》いたコレットに、『その意気や良し』とからりと笑ってくれた人だ。

「コレット嬢、一曲お付き合いいただいても？」

そんな彼が取り澄ましたようにコレットに手を差し伸べる。

その姿はかろうじて王子様に見える。どうやらやればできるらしい。

隣でフェリクスが顔を若干引き攣らせているが、止めることはない。

「はい。喜んで」

コレットがその誘いを受け入れると、フェリクスの眉間の皺が一層深くなる。

するとベルトランはその顔を見て、揶揄うようにニヤリと笑った。

「ですが私本当にダンスが下手で、足を踏んでしまうかもしれませんが、よろしいですか？」

「ええ？　フェリクスと踊っている時はそんな感じに見えなかったんだけど」

「それはフェリクス様の顔面補正によるもので、まやかしですわ」

皆視線がフェリクスの顔に行ってしまうため、おぼつかない足元のステップなど、誰も気にしていないのだ。

するとベルトランは小さく吹き出してゲラゲラ笑った。「コレット嬢は相変わらず面白いな」と言って。

「大丈夫だ。コレット嬢に踏まれたところで、痛くも痒くもない。気にせず踊ってやってくれ」

にかっと人懐っこく誘われ、コレットも笑ってその大きく無骨な手に己の手を重ねた。

ベルトランと踊ることで、コレットは公爵家の人間として王家の人間にも認められていることを主張《アピール》できる。

フェリクスもそれを知っているから、止めないのだろう。

まあ、その割には実に不服そうな顔をしているが。

それでなくとも冷たく見える顔が、さらに極悪な雰囲気を漂わせているせいか、声をかけようと勇気を出して彼に近づいたご令嬢たちが、その顔を見た途端に尻尾を巻いて逃げている。

「……フェリクスと仲良くしているようで、安堵したよ」

踊りながら、ベルトランが話しかけてくる。

ステップを間違えないように必死になりながら、どういう意味かとコレットは考える。

きっと彼は、コレットがフェリクスの本質を分かっているのかを聞きたいのだろう。

「……フェリクス様は、とてもお優しい方ですから」

「そうなんだよな。可哀想に、あんな見た目で損してるんだよ、あいつ」

フェリクスの中身が、ただ純情で朴訥《ぼくとつ》で善良な普通の男であると、ベルトランもわかっているようだ。

「ところでコレット嬢は、フェリクスのどこが好きなの？」

「いちいちお可愛らしいところですね。見ていると胸がきゅんとします」

「ああ、わかる！　揶揄うと楽しいよな、あいつ。……女が男を可愛いって思うのは、もう沼に嵌まっているからららしいぞ」

「沼、ですか」

恋に深く落ちると、女性は相手を可愛いと思うものらしい。

それがどんなに気難しい男でも、強面の男でも、見上げるように大きい筋肉質の男でも。

――なるほど、とコレットは思う。

確かに最近、フェリクスの何もかもが可愛くてたまらない。

きっと自分は、フェリクスという沼にずぶずぶと嵌まっているのだろう。

「幸せになってほしいんだよなー。あいつにはさ」

そうあるべきだ、とコレットも思う。たとえそれが偽りから始まったものであっても。

「君との出会いを忘れちまったこと、フェリクスは随分と気にしているみたいだが」

むしろ思い出されたら、一巻の終わりである。

そのことを考えるたび、コレットは己が薄氷の上に立っているような気分になるのだ。

コレットの表情が沈んだことに対し、その意味を勘違いしたベルトランは肩を竦める。

「俺なんて、昨日の夕食に何を食ったかも思い出せねえもん。記憶なんかなくても今が幸せならいいと思うんだ」

記憶などたいしたことではないと笑い飛ばしてくれた彼に、コレットの気持ちも若干軽くなる。

そうだ。間違いなくコレットも、そしてフェリクスも、今幸せに過ごしている。

この問題は、ただコレットの罪悪感の話だ。

――口に出したところで、誰も幸せにならない類の。

「ありがとうございます。殿下」

話しているうちにコレットは、何やらベルトランと同志のような気持ちになってきた。

だからつい気安い態度をとってしまう。だがベルトランは嬉しそうに笑うだけだ。

人間の大きい、おおらかな人だなと思う。だからこそフェリクスも彼を信頼しているのだろう。

「あー。俺も部屋に帰ったら、知らない間にコレット嬢みたいな可愛い奥さんが待っていたらいいのになあ」

「今のお姿のままでお過ごしになれば、機会はいくらでもあると思いますよ」

「ぐっ……。だからさあ、そのままの俺を受け入れてほしいわけよ……！」

「相手によく思われたいと思えないのでしたら、それは恋ではない気がしますけれど。それに自分ばかり受け入れてもらうことを考えるのは、ちょっと図々しい気が致しますわ」

先ほどからベルトランが目で追うのは、美しく化粧し着飾った女性たちばかりだ。

自分はそのままでいたいが、女性には綺麗でいてほしいというのは、理屈に合わないだろう。

「手厳しい……‼」

悲しげにベルトランが呻く。コレットは思わず小さく声を上げて笑ってしまった。どうやら彼の春はまだまだ遠そうだ。

曲が止《や》むと、コレットはくるりと一回転してベルトランから距離をとり、一礼する。

するとフェリクスがいそいそとやってきて、あっという間にコレットの腰を抱き寄せ回収した。

「お前、初めての恋だからってちょっと余裕がなさすぎやしないか……⁉　あの助言はいらなかったな」

ベルトランはげらげら笑って、フェリクスの肩を叩いた。

フェリクスはどこか腹立たしげにしていたが、なんだかんだ言って彼らは気安い仲なのだろう。

その後もフェリクスはずっとコレットにベッタリとくっついていたため、彼女に直接悪意をぶつけてくるような人間は結局現れなかった。

祝賀会は何事も起きることなく無事に終わり、コレットとフェリクスは共に馬車に乗ってバシュラール公爵邸の王都別邸へと帰る。

もちろん馬車の中のコレットは、フェリクスの膝の上である。

すっかり定位置になってしまって、最近では疑問すら持たなくなってきた自分が恐ろしい。

「……流石に疲れましたね」

慣れない靴で踊ったために足は痛いし、高くきっちりと結い上げた髪のせいで頭皮が引っ張られて頭も痛い。さらにはコルセットもいつもより強めに閉めているため呼吸も苦しい。

帰ったら全て取り払って、シュミーズドレス一枚になって、のんびり過ごしたい。

そんなことを考えていたら、フェリクスの指が伸びてコレットの頭に飾ってあった薔薇の髪飾りを抜き取った。

「フェリクス様、どうなさいましたの？」

「コレットが辛そうだから」

彼の手で次々に髪留めが外されていく。その度にぱさりぱさりとコレットのストロベリーブロンドの髪が背中に滑り落ちてくる。

確かに楽になってきたのでされるがままになっていたら、そのまま全て解かれてしまった。

フェリックスがコレットの髪を一房手に取って、口づけを落とす。

そこに神経は通っていないはずなのに、その視覚《ビジュアル》だけでコレットの体がぞくぞくと戦慄いてしまう。

さらに彼の手はドレスの金属製のフックにまで及び、あっという間にそれらを全て外されて、中のコルセットの紐《ひも》まで緩ませ始めた。

「ふぇ、フェリクス様……！　一体何をなさっておられるの……！」

流石に慌てたコレットが、上擦る声で制止する。

「……すまない。でもどうしても今すぐにコレットの肌に触れたくて」

慣れた様子で紐が解かれ、コルセットが外れ、コレットの乳房が剥き出しになってしまう。

これまで部屋や浴室以外の場所で肌を露《あら》わにしたことなどなく、コレットは緊張し震えた。

フェリクスの唇がコレットの唇を塞ぐ。そして乳房を包むように掴《つか》むと、彼にしては珍しく強めに揉み上げた。

「んんっ……！」

（フェリクス様、どうしてしまったの……⁉）

こんな乱暴なフェリクスは初めてだった。怖いと思う反面、コレットの下腹が切なく甘く締め付けられる。

喉奥まで舌を突っ込まれ、唾液を啜《すす》られながら、外気の冷たさでぷっくりと立ち上がった胸の頂きを指先で抓《つね》り上げられて、腰が跳ねた。

「んむっ……！」

重なり合った唇から、くぐもった声が漏れる。おそらく大きな声を上げないよう、唇で口を塞がれているのだろう。

痛いはずなのに、気持ち良さしかない。何かを求めて腰ががくがくと小さく震えている。

ドレスの裾からフェリクスの手が入り込み、さらに容赦無くドロワースの中にまで侵入する。

そして秘された割れ目に指が這《は》わされた。

すでにそこが蕩けて蜜が滴っていることを確認し、フェリクスは意地悪く笑った。

顔立ち的に、嗜虐的な表情が非常に似合う。

コレットは思わずぞくりと背筋を凍らせてしまった。

――――恐怖と、期待で。

「声を出してはいけないよ」

離れた唇からそう命令され、コレットは慌てて両手で己の口を塞ぐ。

フェリクスの口元がコレットの胸元に下りて、ちゅっちゅと吸い上げながら移動し、やがて色を濃くして痛いくらいに勃ち上がった乳嘴をぱくりと含んだ。

「んっ……んんっ……!」

そして吸い上げられ、舌で舐め上げられ、押しつぶされ、時折歯を当てられて。

コレットは必死に声を抑えながら、びくびくと体を震わせる。

ドロワースに入った手は、蜜口から滲み出した蜜を指の腹に絡めとって、ぬるりと陰核を擦り上げる。

さらに中にも指を入れられて、水音が聞こえるほどにかき混ぜられて。

「ん――――っ!」

コレットはあっという間に達してしまった。

ひくひくと脈動しつつフェリクスの指を締め付けていると、彼は心を落ち着かせるように、深く長く息を吐いて、小さく呻いた。

「このまま最後までしてしまいたい……」

それは流石に勘弁してほしい。コレットはプルプルと首を横に振った。

いくら流されやすいコレットでも、限度というものがあるのである。

しばらくして馬車が無事王都別邸に着くと、フェリクスは上着を脱ぎ、コレットの解けたコルセットや乱れたドレスを隠すように上から掛けた。

そして手をコレットの背中と膝裏に差し込んで抱き上げる。

「フェリクス様……！」

慌てて自分で歩こうとしたが、着ている衣装が乱れに乱れていることを思い出し、コレットは大人しくフェリクスに身を任せた。

多分このまま歩いたら、途中でドレスが脱げてしまうことが想像ついたからだ。

突然妻を横抱きにして帰ってきた主人に、使用人たちが驚いて目を丸くしている。

コレットは恥ずかしさのあまり、身を小さくしながら俯く。

「妻が疲れているようだから、このまま休ませる。付いてこなくていい」

使用人たちにそう言い渡し、フェリクスはそのままコレットを寝室まで運んだ。

寝室に入り扉を閉めてそっとコレットの足を床に下ろすと、すぐ側の壁に手をついて、腕の中に彼女を閉じ込める。

囚《とら》われたコレットは動揺し、目を白黒させていた。

本当に一体フェリクスは、どうしてしまったのか。

そうしているうちに肩に掛けていたフェリクスの上着が床に落ち、フックを外されたドレスと、紐を緩められたコルセットもずり落ちる。

その剥き出しになったコレットの上半身を、フェリクスが凶暴な目をして見やる。

彼の目を見ていたら、またコレットの体がはしたなくも期待して、きゅうっと甘く疼いた。

「すまない。すぐにでもコレットが俺のものだってことを、実感したいんだ」

そう言ってフェリクスは下穿《したば》きの前を緩め、今や腰に引っかかっているだけのコレットのドレスの裾をたくし上げ、ドロワーズを引き摺り下ろす。

そして彼女の片足を己の腕に引っ掛けて大きく脚を開かせると、露わになった未だに蜜を湛《たた》えたままの膣口を一気に貫いた。

「あああっ……！」

最奥まで押し上げられ、すでに極限まで高められていたコレットの体は一気に絶頂に達してしまった。

ひくりひくりと脈動を繰り返す膣壁を、フェリクスが容赦無く擦り上げる。

「まって、フェリクス様……！」

達した後すぐに与えられる快感は、いつまでも解放されないような苦しさを伴う。

「や、だめ……、怖い……！」

だが何を言ってもフェリクスは止まらず、そのままコレットを穿《うが》ちつづけ、そのせいで絶頂が長引いたコレットは、ただ喘ぐことしかできない。

「もっと、コレットの奥まで入りたい」

さらには耳元でそんなことを言われ震え上がった。すでにお腹はいっぱいである。

だがフェリクスは繋がったままコレットの腰を掬い上げるように持ち上げ、己の性器の上に落とした。

「ひあああっ……！」

己の自重でさらに奥までずぶりとフェリクスが入り込み、コレットはまるで悲鳴のような嬌声《きょうせい》を上げてしまった。

苦しいのに、どうしようもなく気持ちが良い。

こんなふうに無我夢中に求められていることが、嬉しい。

一回り以上体の大きなフェリクスに抱き上げられたまま揺さぶられ、完全に体が宙に浮いているという不安定さから、コレットは思わず助けを求めるようにフェリクスにしがみつく。

「コレット……コレット……」

フェリクスはまるで譫語《うわごと》のように、コレットの名を呼ぶ。

「フェリクス様……」

コレットも彼の耳元で、甘えるように縋るようにその名を呼んだ。

「くっ……！」

次の瞬間、フェリクスはコレットの体を骨が軋《きし》みそうなほどに強く掻《か》き抱《いだ》いて、その奥深くに己の欲を吐き出した。

重なり合った胸元で響く鼓動の激しさや、触れる肌に流れる汗を感じながら、コレットの体から力が抜ける。

そのまま崩れ落ちそうになり、フェリクスが慌てて脱力したコレットを抱き直す。

そして彼女の中から己を引き抜き、寝台まで抱いて運ぶと、そっとコレットを下ろして横たえてくれた。

「……本当にすまない。無理をさせてしまった」

出すものを出して、グッタリとしたコレットを見たら、正気に戻ったのだろう。

フェリクスが大きな体を小さくして謝る。

そういう素直なところは、彼の美点だとコレットは思う。

世の中には絶対に自分の非を認めようとしない人間も、少なくないのだ。

「……私、何かしてしまいましたか？」

「……いや。俺の心の狭さの問題だ。コレットは何も悪くない」

「フェリクス様の心が狭いなら、心が広い人間なんてこの世からいなくなってしまいそうですけれど」

疲れ果てて腕を持ち上げることも億劫《おっくう》であったが、なんとかコレットは手を伸ばし、フェリクスの黒髪をさらりと撫でた。

怒ってはいないのだと、そう彼に伝えるために。

こんなに艶やかでサラサラな髪をしているのに、特に何の手入れもしていないと聞いた時は、神の不公平さを嘆いたものだが。

「……嫉妬してしまったのだと思う」

耳を真っ赤にしながら懺悔するフェリクスに、コレットは首を傾げる。

自分の一体どこに、嫉妬する要因があったのか。

「屋敷の中にいるときは、そんなこと思ったことがなかったのに。祝賀会で君が信奉者たちに囲まれているとき『俺の妻なのに』なんてことを考えてしまった」

「え？　私に信奉者なんていました？」

「ベルトラン殿下が言っていた。あの戦場で君は兵士たちから敬愛され『戦場の天使』と呼ばれて人気者だったのだと」

どうやら第三王子殿下が、フェリクスに余計なことを吹き込んだらしい。

残念ながらあの戦場にいた頃のコレットは、『天使』などという可愛らしい名称で呼ばれるものではなかった。

むしろごく一部からは『野戦病院の鬼軍曹』などと陰口を叩かれていたはずだ。

『いい加減にしなさい！　叩《たた》き出《だ》すわよ！』

『病室にいる間のあなたたちの生殺与奪は私たちに握られているのよ。どうなってもいいの？』

『次に無理して悪化したら、優しく看護してもらえると思わないことね』

等々、看護部隊で働いている女性たちへの、兵士たちの嫌がらせには毅然とした態度で脅し叱り飛ばしたし、無理をする兵士たちも嗜め叱りつけていた。

女性たちのまとめ役として、横行する兵士たちの彼女たちへの性的な嫌がらせや暴言は、断固として許すわけにはいかなかった。

なんせ看護部隊で最も身分が高いのは、没落しているとはいえ子爵令嬢のコレットである。

兵士たちは、貴族であるコレットには手出しできなかった。

だからこそ、コレットが矢面に立って、他の女性たちを守る必要があったのだ。

コレットがこんなにも強かになったのは、間違いなく彼らとの戦いの日々のおかげである。

「……お礼の気持ちだけだと思いますよ。戦場という極限の状態で、自分が辛い時に差し伸べられた手は、必要以上に良く見えるものです。そこに何某《なにがし》かの感情が発生したとしても、一過性のものだと思います」

「そうだろうか」

「そうです」

キッパリと断言してやってから、全くもって嫉妬をするような事ではないのにと、コレットはまたフェリクスの頭をぐしゃぐしゃと撫でた。

「そもそもおモテになるのは、フェリクス様の方ではないですか?」

あの会場で、コレットがどれほど恐ろしい視線に晒されていたことか。

その一方で、ご令嬢方は皆フェリクスを、熱に浮かされたかのような目で見つめていた。

「そんなことはない。今日だってご令嬢の誰かと目が合えば慌ててそらされたし、歩けば慌てて避けられるし」

その時のことをコレットだって見ていたはずだ、とフェリクスはしょんぼり肩を落とした。

彼が歩いて向かう方向の人波が、綺麗に真っ二つに割れる様を思い出し、コレット思わず笑ってしまった。

だからそれは、ご令嬢たちの間で抜け駆け禁止条例が制定されていたからである。

よってフェリクス自身には、全く非がないことなのだが。

「みんなして、俺のことを怖がるんだ……」

「そうなんですねえ……」

そしてフェリクスの『俺はモテない』という思い込みにつながっているというわけだ。

それは誤解ですよ、と教えようとして、だがコレットは口を噤んだ。

（フェリクス様が真実を知ってモテる自覚ができたら、他の女性に目が移ってしまうのでは……）

なんてことを考えてしまったからである。

なんせコレットは、本来ならとてもではないが公爵家に嫁げるような身の上ではないのだ。

それなのにそんなコレットがフェリクスの妻としていられたのは、彼に他に親しく話せる女性がいないという点が大きい。

つまりそのままフェリクスが自分はモテないのだと思い込んでいてくれれば、他の女性に目移りされる可能性もまた減るということだ。

よってコレットはそのまま何も言わず、黙っていることにした。我ながら実に悪い人間である。

誤魔化すようにフェリクスの髪を撫でて、何となく戯れに三つ編みを作る。

だが手を離せばすぐにしゅるりと解けてしまう。彼の髪は艶やかすぎて纏まりにくいのだ。

うらやましい限りである。

「でも私はフェリクス様のこと、怖いと思ったことはありませんよ」

せめてしょんぼりしてしまった彼を元気づけようと、コレットはそんなことを言った。

実際出会った時は彼の傷のことばかりを考えていたし、初めて彼の顔を認識した時にはすでにその誠実で優しいその性格に気づいていた。

彼からの断罪に怯えたことはあるが、彼自身に怯えたことはない。

するとフェリクスが、感極まったようにコレットを抱きしめた。

コレットもその背中に手を回して、ぎゅっと抱きしめ返す。

このまま彼と一つになってしまいたいと思うほどに、満たされた気持ちになる。

ずっと、フェリクスのそばにいたい。この場所を誰にも譲りたくない。

(ごめんなさい、フェリクス様……!)

だから彼が幸せになれるよう、できる限りのことをしよう。一生、彼に尽くすのだ。

コレットはそう心に誓った。

戦勝祝賀会の日から十日ほど、コレットはフェリクスと共に王都別邸で過ごした。

その間にフェリクスはコレットとの結婚について国王に許しを請い、それは無事に聞き届けられた。

本来コレットの身分は公爵家に嫁ぐには随分と足りなかったが、彼女の戦場での功績と、第三王子であるベルトランからの進言、また戦争被害に喘ぐアングラード子爵家に対する不実な対応への詫びもあってか、思いの外あっさりと受け入れられることとなった。

こうしてフェリクスとコレットは、実質夫婦として公に認められた。

もう残すところは、神の前での宣誓のみとなってしまった。

望み通りになったはずで。嬉しいはずなのに。

幸せを感じるたびに、コレットの心の罪悪感が、徐々に大きくなっていく。

（ここは本当は、私の場所ではないのに）

飲み込むしかないとわかっていても、その思いと罪悪感が根が善良なコレットを苦しめた。

ベルトランの助言通り、王都滞在中フェリクスは常にコレットの側を離れず、行動を共にした。

（ありがたいし嬉しいのだけれど、フェリクス様ったらこんなに私にべったりくっついていて、大丈夫なのかしら）

他にすることはないのかと、生真面目なコレットは若干心配になってしまう。

だがフェリクスは大丈夫だと言って、まるで気にせずコレットにくっついている。

当初は没落令嬢が烏滸《おこ》がましくも金目当てで公爵閣下を誘惑したと思われていたようだが、今では認識が変わり、フェリクスの方がコレットに執着していると周囲に思われている。

おかげでコレットに向けられる視線も、好意的なものが増えた。

祝賀会の翌日から様々な家から招待状が届き、いくつか信頼のおけそうな家のお茶会や舞踏会に夫婦として二人で参加することもあった。

やはり時折刺々《とげとげ》しい視線を寄越《よこ》されることもあったが、常に隣にフェリクスがいて周囲を警戒してくれていたために、具体的な嫌がらせを受けることはなかった。

それなのにいっそ酷い嫌がらせを受けたのなら、己の中の罪と兼ね合いが取れたかもしれない、などと考えてしまうのだ。どうしようもない。

また、ずっと気になっていたアングラード子爵家の王都別邸は、無事だった。

王都別邸の管理を任せていた老夫婦は、アングラード子爵家からの連絡がなくなったあとも、略奪に手を染めることなく別邸を守ってくれていたのだ。

正直なところすっかり諦めていたコレットは驚いた。

コレットがバシュラール家に保護されて以降は、ロドルフが維持費を払っていてくれたらしい。

フェリクスといいロドルフといい、バシュラール家の男は、一度懐に入れた人間をどこまでも大切にしてくれるようだ。

あまりにも恩が大きすぎて、もう一生かかっても返せそうにない。

「お嬢様、よくぞご無事で……！」

現状を確認しにフェリクスとともに訪れれば、管理人の老夫婦に涙ながらに喜ばれた。

頭から彼らを信じていなかったコレットは、すっかり擦れてしまった自分に気付く。

（……全て、戦争のせいだったのかも知れないわね）

もちろん今でも、使用人たちに裏切られたことを思い出すたび、心が苦しくなる。

けれども治安が良く、経済的にも豊かな王都とは違い、あの地獄のようなアングラード子爵領では、彼らも他に方法がなかったのかも知れない。

やはり弟を救うため、他の方法を選べなくなってしまったコレットのように。

「良かったな、コレット」

フェリクスが、まるで自分のことのように喜んでくれる。

「オーブリーにも伝えなくちゃですね」

全てを失ったと思っていたのに、わずかながらも子爵家の財産が残されていたことに、コレットは安堵した。

小さいながらもその別邸は、王都の一等地にある。

いざとなれば売却し、金にすることもできる。きっとオーブリーも喜ぶことだろう。

バシュラール公爵家に頼りっぱなしで足場が不安定な現状を、彼も憂いていたから。

(だけど、なんだか怖いわ……)

罪深い分際で、何故かコレットに幸運ばかりが訪れる。

いつかすべてのツケを払わされるような気がして、心がどこか落ち着かないのだ。

「……近く、アングラード子爵領を視察しにいかないか？」

アングラード子爵邸からの帰り道、フェリクスからそう提案されたコレットは、喜んで飛びついた。

弟と母がアングラード子爵領に帰ってすでに半年近くが経っていた。手紙のやり取りはあったものの、その間ずっと会えなかったのだ。

今回のことを、直接弟に伝えてあげたい。

「結婚式の招待もしたいしな」

「そうですね……」

幸せそうなフェリクスに、コレットは何とか微笑みを作る。

「きっと今頃父上は、張り切って色々と準備しているのだろうな……」

困ったように肩を竦めるフェリクス。だがやはりどこか嬉しそうだ。

確かに今頃ロドルフと家令のギヨームは、結婚式の準備に勤しんでいることだろう。

なんせバシュラール公爵の結婚式だ。莫大《ばくだい》な費用をかけ、盛大に行われるに違いない。

だが嬉しくてありがたいのに、どうしても申し訳なさが募る。

フェリクスの妻としての地盤が、どんどん固まっていく。

それは嬉しい反面、もうコレットが一生己の罪深さからは逃れられないことを意味していた。

「……あの、フェリクス様、お願いがあるのですが」

「……！　何なりと言ってくれ！」

滅多《めった》にないコレットのお願いに、フェリクスは俄然《がぜん》目を輝かせる。

フェリクスはコレットがわがままを言うと、何故かむしろ喜ぶのだ。不思議なお人である。

「お義父様と公爵家の使用人たち、それから母と弟にお土産を買いたいのです。帰りに街に寄っていただけないでしょうか？」

バシュラール家では女主人として、コレットにも予算が振り分けられている。

だが今までそれに手をつける気にはならず、そのままになっている。

何故使わないのだとロドルフからはよく叱られていたのだが。

彼らの土産を買うのなら、それほど罪悪感なく使えそうだ。

「わかった。……コレット自身は何か欲しいものはないのか？」

何やらわくわくと聞かれるが、残念ながら本当に何も思い浮かばなかった。

必要なものは全てすでに公爵邸にあるし、何も言わなくともロドルフやフェリクスが色々なものをせっせと買い与えてくれるおかげで、何も困らない。

元々贅沢《ぜいたく》を好む性質でもなく、むしろ衣装室に溢れる衣装や宝飾品に、震え上がっている有様である。

「お気遣いありがとうございます。でも特に思いつかなくて……」

正直に答えれば、フェリクスが目に見えてしょんぼりとした。

「あ、でもそういえば、フェリクス様と街歩きなんて初めてですね！」

慌てたコレットが元気付けようと言い募れば、フェリクスが目を瞬く。

「ちょっと逢い引き《デート》っぽくて嬉しいです！」

いつものようにフェリクスの膝の上で、そろりと彼の顔を見上げる。

「逢い引き《デート》……」

するとみるみるうちにフェリクスの顔が赤くなった。単純で可愛い。

「そうだな。店を見ているうちにコレットの欲しいものが見つかるかも知れないしな……」

途端に元気になったフェリクスが、コレットの桃色の頭にぐりぐりと頬ずりをして、匂いを嗅いだ。恥ずかしいのでちょっとやめてほしい。

街に着き、馬車を降りた二人は、城下にある高級店が並ぶ通りを歩いた。

フェリクスの美貌に、周囲の視線が集中するが、共に過ごした日々ですっかり慣れてしまったコレットは、気にせず彼の腕に己の腕を絡めて堂々と歩く。

まるで恋人同士のようで、初々しい新鮮な気持ちだ。

だがコレットが何らかの商品に目を留めるたび、フェリクスが待ってましたとばかりにすぐに買おうとするので、困ってしまう。

「フェリクス様……お金は無駄使いしてはいけません」

「コレットのために使う金が無駄なわけがないだろう」

おかげで小心者かつ根っからの貧乏性のコレットは、買い物中何度もフェリクスの暴走を止めねばならなかった。

「コレット、これなんてどうだろうか？」

「…………」

今もやたらと重そうな宝石がゴテゴテとついた首飾りを、コレットに買おうとしている。正直に言って、いらない。

「フェリクス様。私はお土産を買いに来たのです。己のものを買いに来たのではありません」

「……大体どうしてそんなに私に何かを買い与えようとするんです？」

「…………だって俺は、金くらいしか取り柄がないだろう？」

「…………」

真実そう思っているであろう言葉に、思わず全力でため息を吐きそうになり、コレットは必死に堪えた。

一体何を言っているのだろうか、この人は。むしろ彼の存在の全てが取り柄と言っても過言ではないのに。

(貢がなければ、私がいなくなるとでも思っているのかしら……)

確かにコレットが金銭的援助を求めてバシュラール公爵家に来たのは確かだが。

コレットが嘘を吐き続けてまでフェリクスの側にいたいのは、それが理由ではない。

これまでも想いを伝えていたつもりだが、伝わっていなかったようだ。

「……前々から思っておりましたが、フェリクス様は、どうしてそんなにも自己肯定感が死んでおられるのでしょう……」

公爵家の後継として、両親に褒められることなく、厳しく躾《しつ》けられながら育ってきたのだろうな、とは思う。もしかしたら、愛されている実感もなかったのかも知れない。

ロドルフに褒められたことなど、コレットだってほとんどない。

アングラードの両親から愛されて育っていなければ、ロドルフの素直ではない言動に、早々に心が折れていたかも知れない。

どうやら親子でありながら、見えるがまま受け取るフェリクスと、素直ではないロドルフの相性は最悪だったようだ。

フェリクスが周囲から自分は嫌われ避けられていると思い込んでいるのも、その自己肯定感の低さが原因だろう。

（まあ、フェリクス様が見た目や能力に相応《ふさわ》しく、傲慢な性格になってしまうよりは良かったのかも知れないけれど）

コレットは手を伸ばし、フェリクスの頬をそっと両手のひらで包んだ。

「フェリクス様は、素晴らしい方です。私はあなたの何もかもが大好きです」

察してもらおうと思うから、拗れるのだろう。

だからコレットは、素直に気持ちを言葉に乗せた。

たとえフェリクスが無一文になったとしても、コレットが彼から離れることはないのだと。

するとフェリクスの顔が鮮やかに色付き、その滲み出る色香に当てられ周囲の人々が感嘆の息を吐いた。

もちろん流石のコレットも若干くらりときた。

「……うん」

フェリクスが頷いて素直に首飾りを店員に戻し、コレットは安堵の息を吐く。

少しずつでも、彼が自分を肯定できるようになればいいと思う。

それからまた二人で寄り添って、買い物を続ける。

領主業を頑張っているだろう弟には実用的な万年筆を、刺繍好きな母には裁縫道具と色とりどりの糸や布を、使用人たちには日持ちする菓子やお茶を買った。

「お義父様は何を喜ばれるでしょうか……？」

残るは最大の難関である。男性の服飾品の店で、コレットは困ってしまった。

「コレットから貰えるなら、父はそこら辺の草でも喜ぶと思うが」

するとフェリクスから、全く参考にならない答えが返ってきた。

「もう、フェリクス様ったら。冗談はほどほどになさってくださいね」

「いや、至って本気だが……」

どうやらフェリクスは今回、全くの戦力外のようだ。

この親子には、やはりもう少し交流が必要そうだと思いつつ、コレットは無難にカフスボタンと王都で今流行《はや》っているという蒸留酒を買った。

ちなみに土産の代金は全てフェリクスが払った。

コレットが払うと言い張ったのだが、これは夫の役目だと退いてくれなかった。

相変わらずコレットのお金は、手付かずのままだ。

「……していただくばかりで、心苦しいのです」

大切にされすぎて、どうしたらいいのかわからない。

思わずコレットが呟けば、フェリクスは驚いたように目を見開いた。

「むしろ俺が君からもらったもののほうが、圧倒的に多いと思うが……」

そう言ってくれるフェリクスの優しさに、コレットの視界がわずかに滲んだ。

もしフェリクスがもっと悪辣な人間であれば、コレットがこれほどまでに苦しむことはなかっただろう。

だがフェリクスはただ善良で誠実な人間だった。そんな人を騙し利用している自分。

(……きっと私は、嘘つきとして地獄に落ちるのでしょうね)

いつか罪を暴かれる日を恐れながら、心のどこかで、その日を待ち望んでいる自分がいる。

だが今更真実が明らかになったところで、誰も幸せにならない。

――そのことがわかっているからこそ。

(飲み込まなくちゃ……)

罪の意識がコレットの心を苛む。だがそれこそが今の幸せの対価なのかもしれない。

この後ろめたさによってコレットは、フェリクスのために何だってできるのだろうから。

第五章　あの時のことを思い出しました

王都から馬車に揺られること五日。コレットとフェリクスは無事アングラード子爵領にたどり着いた。

わずかながらも街には人影があり、それだけでコレットは胸がいっぱいになる。

「コレット。こちらにこないか?」

思わず馬車の窓から身を乗り出して周囲を見ていたら、騎乗で並走していたフェリクスが小さく笑って誘ってくれた。

そして若干怯えるコレットを軽々と馬の上へ抱き上げて、足が露わにならぬよう横向きで乗せてくれる。

フェリクスがしっかりと腰を抱えてくれているため、思ったよりも安定しておりコレットは安堵する。

それから落ち着いて周囲を見渡した。

「わあ……」

一気に視界が高く広くなり、遠くまで見通せる。思わずコレットは子供のような声をあげた。

「少しずつだが、領民が戻ってきているようだな」

「ええ……！」

領主であるオーブリーがバシュラール公爵家から借りた資金で、領民たちの壊れた家の修繕費を援助しているらしい。

街のそこかしこで、家を修理している様子が見られる。

かつての姿にはまだまだ程遠いが、瓦礫の山だった頃を知っているコレットとしては、その変化が感慨深い。

やはりここは、コレットにとって懐かしき故郷なのだ。

明らかに貴族階級の二人が気になるのか、通りがかると領民たちが手を止め、頭を下げてくる。

するとフェリクスが、コレットの腰をさらに力強く引き寄せた。

「……どうなさいました？」

「……何やら嫌な目つきでこちらを見ていた者たちがいた」

「そうですか……」

だがそれは仕方がないことかもしれない。何も知らない領民たちは、なぜ自分たちが家を追われなければならなかったのか、未だに理解できていないだろう。

そんな中で貴族の豪奢な馬車を見たら、不快な思いを持っても仕方がない気がする。

王侯貴族たちが勝手に起こした戦争に、巻き込まれたとでも思っていそうだ。

確かに知らない方が幸せな場合もあるのだろう。

だが無知であるが故に引き起こされる悲劇も、世の中には多いのだ。

「姉様……！」

「ひさしぶりね、オーブリー！　お母様！　元気そうで良かったわ！」

アングラード子爵邸に到着し馬から降りると、随分と背が伸び、逞しくなったオーブリーと、少し表情が明るくなった母が出てきて、コレットとフェリクスを迎えてくれた。

「姉様もすっかりお綺麗になって……。それでこちらが姉様の旦那様……っ⁉」

フェリクスの顔を見た母と弟が、そのあまりの美貌に言葉をなくす。口も目も開きっぱなしだ。

そういえば彼らは、フェリクスとは初対面である。

義理の息子の、そして義理の兄のあまりの顔の良さに恐れ慄いてしまったのだろう。

（その気持ち、わかるわ……）

今でこそ慣れてしまったが、フェリクスは一目見たら夢に出てきてしまいそうなほどの魔性の美男である。

「フェリクス・レオン・バシュラールと申します」

ぽかんとしたままの二人に、フェリクスは教本に出てきそうなほどの、美しい礼をした。

なんせ国王陛下すら一目置く、バシュラール公爵家の当主だ。

そんな彼に先に挨拶させてしまったと、正気に戻った母と弟は、慌てて名を名乗り挨拶する。

「復興の調子はどう？」

いまだに慌てふためいている彼らに、助け船を出すかのようにコレットが話しかければ、よくぞ聞いてくれましたとばかりにオーブリーが顔を輝かせた。

「少しずつですが、領民たちが戻ってきています。まだ元の人口の二十分の一程度ですが……」

それでも随分と増えたのだと、オーブリーは誇らしげだ。

コレットも嬉しくなって、思わず顔が綻ぶ。

「私たちの屋敷も少しずつ修繕しているんです。どうか見てやってください」

オーブリーに促され、アングラード子爵邸へと足を踏み入れる。

やはりかつての姿にはまだまだ程遠いが、屋敷の中は綺麗に片付けられ、割れていた窓等も修繕され、普通に人が暮らせるくらいには改善されていた。

その屋敷の中を、フェリクスが熱心に見つめている。

「フェリクス様。何か気になることでもおありですか？」

不思議に思ったコレットが聞いてみれば、フェリクスは少し恥ずかしそうな顔をする。

「いや、ベルトラン殿下から失った記憶にゆかりのある場所を見てまわれば、何かを思い出すきっかけになるんじゃないかと言われて……」

それを聞いたコレットの全身から、血の気が引いた。心臓が大きく嫌な音を立てる。

「やっぱり俺は、出会った頃のコレットのことを、少しでも思い出したいんだ」

コレットとの間にあった全てのことを諦めたくないのだと、そう言ってくれる。

フェリクスの気持ちはとても嬉しいのに、実際にそうなったらコレットは一巻の終わりだ。

「……そうですか。ありがとうございます。思い出せたらいいですね」

ともすれば棒読みになりそうな言葉を、必死に嬉しそうに紡ぐ。

コレットがそれを望んでいないことを、悟られるわけにはいかないのだ。

「三年前のコレットなんて、絶対に可愛いに決まっているからな」

絶対に思い出さねばと、フェリクスは意気込む。

食糧不足でまともに栄養が摂れないのに、過酷な状況下で朝から晩まで働いていた当時のコレットは、ガリガリに痩せて、肌も髪もパサパサで、目の下には常に濃い隈があった。

可愛いとは到底言えない見た目であったはずだが、コレットは黙って微笑むに止めた。

あえて彼の夢を壊す必要はあるまい。

「……それでどうですか？　何か思い出せそうですか？」

コレットが勇気を出して恐る恐る聞いてみれば、フェリクスは小さく首を横に振った。

深く安堵すると共に、そのことを喜ぶ自分に深く失望する。

「だがコレットと再会した時のように、胸の奥がツンとする……気がする」

微《かす》かでも頭のどこかに残っているのかもしれないと言って、フェリクスは少しだけ口角を上げた。

（……もう、どちらでも良いかも知れない）

コレットは投げやりに思った。彼の記憶が戻らなければ、このままでいられる。

けれども彼の記憶が戻ったら、コレットは相当の罰を受けることになるだろうが、この罪悪感からは解放される。

いつ露見するかわからないという不安と恐怖。そして良心の呵責《かしゃく》。

真っ当な精神、および倫理的な感覚を持っていればこそ、耐えられない。

犯罪を犯した多くの人間が、耐えきれず自ら罪の告白をしてしまうその理由を、コレットは思い知った。

だからもうなるようになれば良いと、どこか投げやりな気持ちになってしまった。

どちらにしても、結局は後悔をするのだろうから。

（――疲れてしまったのかも知れない）

常に怯え、神経を張り詰めているせいか、コレットは精神的に疲弊していた。

だからこそ自傷するように、ここであったことをフェリクスに話し始める。

「……かつて私は、ここで働いていました」

戦争の前は夜会や舞踏会が催され、戦時下では傷病兵のための野戦病院となった大広間へと一行は足を踏み入れる。

「当初は寝台が足りず、兵士たちは床に藁を敷いただけの不衛生な場所に寝かされていました。もちろん、あなたも」

あまりにも唐突に始まった戦争だった。だからこそ何の準備もされておらず、食料も医療品も武器も何もかもが足りなかった。

開戦から一ヶ月以上が経って、ようやく物資が届き始めた時には心から安堵したものだ。

フェリクスが目を細め、辺りを見渡す。今はもう何もかもが撤去され、がらんどうになってしまったそこを。

コレットもまた、懐かしい思いでその場所を見つめた。

かつては一面に傷ついた兵士たちが寝かされていて、血と排泄物《はいせつぶつ》と消毒液の臭いで満ちていた。

助けられた命もあれば、助けられなかった命もあった。

「……大変だったろう」

「そうですね。今でも時折、自分の不手際《ミス》で他人の命を危険に晒す夢を見ます」

そして汗びっしょりになって飛び起きるのだ。

人の命を扱う仕事は、何もかもが重かった。

毎日が怒涛《どとう》で、絶望で、生きた心地がしなくて。

それなのにこれまでになく、己の生を実感した。

「当時は毎日必死で気づきませんでしたが。本当は怖くてたまらなかったんでしょうね」

他人の命を、自分の手に委ねられることが。

フェリクスの手がコレットの肩に添えられる。その温もりに、ふと力が抜けた。

辛い日々だったことに違いはない。けれども今フェリクスと共にいられるのは、そんな日々のおかげである。

その後応接室に行くと、母が手ずからフェリクスとコレットが土産として持ってきたお茶を淹《い》れてくれた。

まだ侍女を雇う余裕はないようで、家事の大部分を母がしているらしい。

生まれた時からお嬢様で、家事など一切せずに生きてきたはずの母が随分と手慣れていて、コレットはこれまでに流れた時間を思う。

隣ではフェリクスとオーブリーが、今後のアングラード子爵家の復興について話し合っていた。

「近く国からも、復興の支援が入るはずだ」

「ありがとうございます。何から何まで本当になんてお礼を言ったら良いか……これで水路工事に着手できます」

「……ここに来るまでにいくつか井戸を見かけたが、現状、水を手に入れるのが難しい状態なのか？　フォルタン軍に井戸を埋められたとか……」

「いいえ、井戸はありますが……」

「ならば水路は後回しでいいと思う。もっと先に金と人手を使うべき場所があるだろう」

確かにまだ壊れたままの家が大量にあった。

今以上に人を受け入れたいのなら、まずは雨風を避けられる屋根を作るべきだろう。

「ですが水路を求める声が領民から……」

「金に限りがあるのだから、領民の要望を全て受け入れることはできない。できることとできないこと、その取捨選択と舵取《かじと》りが領主の仕事だろう」

自らもロドルフの仕事を補佐していたから、フェリクスの意見はよくわかる。

物事にはどうしても、優先順位があるのだ。領民の希望を全て受け入れることはできない。

もちろん水路を作るという、わかりやすく目に見える成果に飛びつきたくなるオーブリーの気持ちもわかる。

だが現状汲《く》む手間はかかるものの水自体はあるのだから、やはりそれは後回しにすべきだろう。

「でも、こんなに領民が増えたんです！　井戸だけではいずれ足りなくなると思うんです」

ばさりとオーブリーが出してきた名簿には、この地に戻ってきた領民の名前と性別と年齢、大まかな容姿が書かれている。

その領民の真新しい名簿を見たフェリクスは、その美しい眉をわずかに寄せた。

「オーブリー。その名簿は随分と新しいようだが、受け入れた領民たちは、全て元の戸籍と照らし合わせたのか？」

フェリクスの言葉に、オーブリーは困ったような顔をした。おそらくしていないのだろう。

「申し訳ございません。この地で管理していた戸籍名簿は、全て焼けて失われてしまいました」

「だとしても国に提出している写しがあるはずだ。それを取り寄せて、戻ってきた彼らが本当に元々ここに住んでいた領民なのか、しっかりと照し合わせるべきだ」

フェリクスの意見に対し、オーブリーは不可解そうな顔をする。

「……どうしてそこまでする必要があるんです？　ここはもう荒れた場所しかないんです。元領民以外、このアングラードの地に居を構える理由がないでしょう？」

元々ここに家があったもの以外、戻ってきても何の旨味《うまみ》もないだろうとオーブリーは言う。

それも一理あるように感じるが、本人確認を行わないということは、素性のわからない人間を領民として受け入れてしまうということだ。

それは凶悪な犯罪者であるかもしれない。――さらには。

「元領民だと偽り、フォルタン王国からの斥候が混ざり込んでいる可能性もある」

「そんな！　大袈裟ですよ……！」

「こういった災害、及び戦争の後は、他国民が悪意を持って我が国に入り込むための絶好の機会なんだ。だから安易になんの確認もせず、領民として受け入れるのは危険だ」

戦争を避けた難民として、まずは己の経歴を洗浄する。

そして堂々とこの国に入り込み、国民の地位を得るのだ。

そのまま何年も潜伏し、国民としての実績を得て、この国の情報を容易《たやす》く得られる立場を手にいれる。

それは昔からよく使われてきた手法だった。

「……君にはあまりにも危機感がない。ここは元々戦場だったんだよ。オーブリー」

幼いことや体が弱いことから、避難先である山荘から出てこられなかったオーブリーは、戦争の実態を知らないままだ。

確かに今回迎撃軍の中にすら、フォルタン軍の斥候が入り込んでおり、そこから流れた情報によりフェリクスは奇襲を受け、腹に大きな傷を受けたのだった。

「俺にも過去そういった失敗が何度もあったから言っている。警戒はできる限りしておいた方がいい」

「……わかりました。王都から、戸籍の写しを取り寄せます。申し訳ございません」

ちっとも納得をしていない顔で、けれどもオーブリーは渋々フェリクスの指摘を受入れた。

年上であり、義理の兄であり、そして彼から多大なる資金提供を受けている立場だからこそ、受け入れざるを得ないのだと、露骨に感じさせるものであった。

「オーブリー……！」

流石にその太々《ふてぶて》しい態度を注意しようとコレットが声をあげたところで、フェリクスがコレットの口の中に、お茶請けの小さな焼き菓子を放り込んだ。

「むむ……」

「オーブリー。他人の指摘を素直に受け入れられない、その気持ちはわかる。きっと君くらいの年齢特有なものもあるんだろう。俺にもそういう時期があった」

素直に人の意見を聞けず、わざと捻くれた見方をして、人の言葉の揚げ足を取って。

必要以上に肩肘を張って、まだ子供でいられる時期に、己は大人であると主張してしまうのだ。

「だが領主になるということは、領民たちの命を背負うということだ。くだらない自尊心で領民を危険に晒してはならない」

血の繋がった姉よりも、他人であるフェリクスに諭される方が、オーブリーには堪えたようだ。

「……申し訳ありません」

「わかってくれればいい。オーブリー、君はよく頑張っている」

ふとフェリクスが頬を緩めた。するとオーブリーが真っ赤な顔をして俯いてしまった。

我が夫ながら、相変わらず罪な男である。

強く叱責したところで反発を強めるだけなのだと、フェリクスはわかっているのだろう。

彼は自分よりもずっと大人なのだと、コレットは今更ながらに思い知る。

「さて、他に困ったことはないか？」

「……では、お伺いしても良いですか？　税のことなのですが今年はとても払える状況ではなく、どこに相談すればいいのか……」

「ああ、それなら戦争による被害が多い地方には、三年間の免税措置が取られているはずだ。戸籍を取り寄せる際に、それもついでに最大限申請しておくといい」

「なるほど……」

「免税期間が終わった頃に税務官を呼び、領民の減少や、領地の状況を査察してもらえれば、課税額も大幅に減らせるはずだ」

その後オーブリーは素直に領地運営について、フェリクスとコレットに色々と相談してくれた。

当初は二人にできるだけ良いところだけを見せようと必死だったようだが、出だしから躓《つまず》いたことで諦めがついたようだ。

バシュラール公爵家からも何人か人を貸し出しているものの、ここの責任者はオーブリーだ。だが彼はまだ十五歳の子供なのだ。この復興途中の領地は、彼の背には重すぎたのだろう。相談に応じつつも、未熟なことは決して恥ずかしいことではないのだと、フェリクスは何度もオーブリーに念を押した。

すると明らかに彼の表情が穏やかになっていった。

頼れる大人がいることで、心にゆとりができたのだろう。

「ありがとうございます。名簿については、国から戸籍の写しが届き次第、照合作業をします。元々この地の領民ではないものたちには、素性を洗い出して問題がないかを確認いたします」

再会当初の硬さがなくなり、年齢相応の笑顔でオーブリーはそう言った。

良かった、とコレットは胸を撫で下ろす。オーブリーの心的負担を少しでも減らせたのなら、ここにきた甲斐《かい》があったというものだ。

客室は使えると言うので、一泊だけ宿泊してから帰路につくことにした。

さらに周囲を見てまわりたいというので、コレットはフェリクスを連れて、屋敷の隅々までを案内する。

「わあ……！」

やがて庭園に出て、コレットは思わず声を上げた。

戦争が終わってすぐの頃は、一面に根元で切り落とされた薔薇の残骸があったはずだった。

だがそこからまた新たな茎が出て葉を広げており、ところどころでは花も咲いていた。

もう全て枯れてしまったのだと思っていた。薔薇の思わぬ強さにコレットは驚く。

「……コレットは薔薇が好きなのか？」

フェリクスから聞かれたコレットは、大きく頷く。

元々母が薔薇を好んでおり、庭園のそこら中に植えられ、部屋の中にも飾られているのを見るうちに自分も好きになった。

この上なく美しいのに、身を守るための棘《とげ》がある。そんな有り様が好きなのかもしれない。

「……そういえば、バシュラールの家にも薔薇が増えていたな」

「ええ。バシュラール家に来てすぐに、お義父様に好きな花は何かと聞かれて。『薔薇』と答えたら、翌日庭師が薔薇を庭園にせっせと植え始めまして……」

今ではすっかり素晴らしい薔薇庭園ができている。バシュラール公爵家の薔薇庭園といえば、近隣ではちょっと有名なほどの。

フェリクスと同じく、とにかくロドルフはコレットに何かを与えるのが好きなのだ。

そうしなければ、コレットの歓心を買えないと思っている。

礼を言う度に、そんなことしなくてもいいのだと伝えてはいるのだが。

(寂しい人なのよね)

相手に何かを与えなければ、愛されないと思っている。

似たもの親子だとフェリクスを見やれば、彼は何やらむっとしていた。

表情自体は全く動いていないのだが、なんとなく雰囲気でコレットにはわかる。

「フェリクス様、どうなさったの？」

そういう時は、何を求めているのかを察しようとはせず、直接聞くことにしている。

これもまた、彼の父への対処法だ。機嫌を読み先んじて対応しすぎると、相手は増長し己の意思や気持ちを伝えることを煩わしく思うようになってしまうものだ。

それにより、伝えてもいないくせに分かってもらえないという見当違いな憤りを抱かれることも、会話がなくなることも、コレットは嫌なのだ。

「ちゃんと言ってくださらなければ、わからないわ」

言いたいことがあるなら、しっかりと自分の口で伝えてもらわねば。

するとフェリクスが観念したように、小さな声で答えた。

「……コレットの願いを叶えるのは、全て俺でありたいと思ってしまったんだ」

どうやらロドルフがコレットのためにあれこれすることに、彼は嫉妬しているらしい。

「コレットを二年間守ってもらったことに対し、父には感謝はしているが。……本当はその二年だって俺が側にいて、俺がコレットを守りたかった」

口にしてみたら、なかなかに恥ずかしいことを言っていることに気づいたのだろう。彼の耳が赤く色づく。

（か……可愛い……！）

コレットは思わず身悶えた。本当に一体なんなのだろうか。この可愛さは。

思わず手をかけていた彼の腕を、ぎゅっと胸に抱きしめてしまった。

「こ、こ、コレット……」

何やらまた鶏の鳴き声のように呼ばれている。

そんなところも可愛くて、コレットは彼の腕を引っ張ると、その白磁のような頬にちゅっと音をたてて口付けをした。

その瞬間、フェリクスが小さく飛び跳ねるのも可愛い。

嘘ばかりのコレットにとって、唯一大切な真実を口にする。

「フェリクス様、大好きです」

するとフェリクスは、何やら言おうと口をモゴモゴと動かした後、俯いてしまった。

大切にされていると思う。好かれているとも思う。

けれども決定的な言葉は、いまだ彼の口からもらったことはなかった。

そのことを烏滸がましくも、やはり寂しく思ってしまう。

「おや、コレットお嬢様。お戻りになられたのですね」

するとそんなもだもだした二人に、庭師の老人が声をかけてきた。

見知ったその顔に、コレットは顔を輝かせた。

長年アングラード子爵邸で働いてくれた庭師だ。戦争が始まってから親戚を頼り他領に避難していたが、この度戻ってきてくれたらしい。

「薔薇がまた咲いていて驚いていたの。戦時中に全て切られてしまったのに……」

「薔薇は病気になりやすいですし、虫もつきやすい手のかかる花ですが、実は生命力は非常に強いのですよ。根さえ残っていれば、また新しい芽が出てくるんです」

もちろんそのまま枯れてしまった株もありますが、と言って庭師は辺りを見渡した。

少し離れた場所で、もう一人庭師と思われる帽子を被った青年が、薔薇の剪定《せんてい》をしている。彼の息子だろうか。

「あと数年もすれば、またここは一面美しい薔薇で満ちるでしょう」

かつて愛した、その姿のままに。

「……根さえ残っていれば」

コレットは小さく口に出した。きっとそれは人間も同じだ。

どれほど戦争で多くのものを失い、深い傷を負ったとしても。

結局は立ち上がって、未来を生きようとするのだろう。

「きっとこの庭園は、このアングラード子爵領の復興の象徴になるでしょう。……ありがとう」

コレットは微笑み、庭師の老人を労った。

その言葉に彼は俯き、歯を喰《く》いしばって涙を堪えているようだった。

「――フェリクス様」

この喜びを伝えたくて、頭一つ分以上、上にあるフェリクスの顔を見上げて声をかける。

だが彼は心ここにあらずといった様子で、ぼうっとしていた。

「フェリクス様、どうなさいましたか？」

コレットが再度声をかければ、フェリクスはようやく夢から覚めたように、何度が瞬《まばた》きをした。

「ああ、すまない。何やら懐かしい気がして」

思わず背中に冷たいものが走ったが、今更だとコレットは笑う。

「何か思い出されましたか？」

「いや……だが何かが引っかかるというか……」

「何か思い出されたら、教えてくださいませ。――一緒に答え合わせをいたしましょう」

コレットの言葉に、フェリクスはやはり小さく口角を上げた。

その日はアングラート子爵邸で、一泊することになった。

オーブリーはすっかりフェリクスに懐いてしまい、男同士で夜遅くまで話し込んでいた。

コレットも久しぶりに母との会話を楽しみ、生まれ育った自分の部屋で眠った。

翌朝、コレットは肌寒さで目を覚まし、ぶるりと体を震わせた。

おそらく隣にフェリクスがいないからだろう。

親兄弟のいる手前、フェリクスとは別室に宿泊していた。

（……フェリクス様がいないと、熟睡できないなんて）

冷え性のコレットは、この数ヶ月ですっかりフェリクスを温石《おんじゃく》がわりにしていたらしい。

そんなことからも、随分と彼に依存しているのだと、思い知る。

窓の外は、まだ薄暗い。早朝のようだ。

だがもうこれ以上は眠れそうにないので、身を起こし自らシュミーズドレスを身に纏う。

被ってリボンを結ぶだけのこのドレスは、侍女がいなくても自分で着られるコレットのお気に入りだ。

戦争が始まってからというもの、自分のことは自分でする癖がついた。

他人の手を借りるよりも、その方がずっと精神的に楽なのだと知った。

布で作られた柔らかな靴を履き、部屋の外に出る。

使用人たちのいない子爵邸は静まり返っていて、どこか不気味だ。

とてもではないが、貴族の屋敷とは思えない。

（いつかここも、また活気あふれる場所になるといいわね……）

だが最初から多くを望んではいけないと自戒する。少しずつ積み重ねていくことが大切なのだ。

屋敷を出て、随分と小さくなってしまった薔薇を眺める。

遠目に、あの庭師の息子と思われる若者が見えた。

(……あら、随分と早くから仕事をしているのね)

確かに朝の方が、涼しくて作業がしやすいのかもしれない。

空気が冷たく澄んでいて、心地よい。朝露に濡れた薔薇も美しい。

深呼吸すると、体の隅々まで清浄になっていく気がした。

つい数年前まで、ここが戦場だったとは思えないほどだ。

庭園中央にある、ところどころが崩れた四阿に向かい、長椅子に腰を下ろす。

目の前には、乾き切った噴水がある。

かつてフェリクスに別れを告げられ、指輪を渡された場所だ。

(もう随分と昔のことのように感じるわね……)

この数年、あまりにも色々なことがあったと、これまでの日々を思い返しながら、コレットは取り留めのないことをぼうっと考えていた。

人目がないというのはとても楽だ。

バシュラール公爵家では常に侍女が付いていて、すべき仕事があり、起きてから眠るまで公爵家の女主人としてどこか気を張り詰めていなければならなかったから。

久しぶりの実家なこともあり、気も警戒心も緩んでいたのだろう。

(さて、体も冷えてきたことだし。そろそろ、部屋に戻りましょう……)

そう思ったコレットが長椅子から立ち上がった瞬間。

「――んんっ！」

背後から突然強い力で体を拘束され、口を塞がれた。

必死に振り返れば、目の端に映るのは、あの庭師の若者だ。

(何……！　何なの……⁉)

まさか家の敷地内で襲われることになるとは思いもよらず、コレットはもがき暴れた。

「暴れるな。殺すぞ」

だがそんな言葉と共に、首元にぴたりと冷たい刃を当てられ、体が一気に竦む。

縄で手足を拘束され、目隠しをされ、口にはきつく猿轡《さるぐつわ》を嵌められ、声を上げることも動くこともできない状態で担ぎ上げられ、どこかへと運ばれる。

(どうしてこんなことに……！)

何も見えないコレットの両目から、涙が溢れた。これは、人を騙した報いだろうか。

ぎい、と錆《さ》びた蝶番《ちょうつがい》が開ける音がした。どうやらどこかの建物中に入ったらしい。

「……幸運だったな。まさかあの悪魔がこんなところに来るなんて」

「だがこれで国元へいい土産ができたな」

ひどく楽しそうな声が聞こえる。どうやら何人か共犯がいるようだ。

彼らはおそらく、フェリクスの危惧した通りにフォルタン王国の斥候だったのだろう。

アングラード子爵領の元領民のような顔をして、のうのうと領主の家にまで入り込んでいたようだ。

そう、彼らは何食わぬ顔で、何年も潜伏して機を待つのだ。

かつてフェリクスの部下もそうして軍内部に入り込んでいたのだと、ベルトランが言っていたことを思い出す。

それにしても悪魔とは、一体誰のことなのか。

「愛しの妻が目の前で殺されたら、あの悪魔。どんな顔をすることやら」

「あの澄ましたお綺麗な顔が、さぞかし歪むんだろうなあ」

(悪魔ってフェリクス様のことなのね……)

話を聞くに、彼らはよほどフェリクスに恨みがあるらしい。

彼のせいでフォルタン王国軍は追い詰められ、敗走する羽目になったのだと。

おそらくフォルタン王国としては、何年にも亘《わた》り準備をしてきて、必ず勝てるものとして起こした戦争だったのだろう。

だがベルトランやフェリクス、さらにはコレットの父によって、侵攻は食い止められ、挙句敗れてしまった。

その上でフォルタン王国は国土を逆に削り取られ、国民には王に対する不信感が広がっているのだという。

フォルタン王国の上層部は、自分たちが起こした戦争だというのに、まるで被害者のようにエルランジェ王国に、そしてベルトランやフェリクスに、恨みを募らせているようだ。

(……だから私を囮に、フェリクス様を呼び出して殺すつもりなんだわ)

コレットを、フェリクスの目の前で残酷に殺して見せつけた上で。

コレットの全身から、血の気が引いた。

このままではフェリクスが、自分のせいで殺されてしまう。

それは自分が死ぬことよりも、はるかに恐ろしい事態だった。

彼の足を引っ張りたくない。己が原因で彼の命が奪われたりしたら、耐えられない。

どうせ殺されるのならその前に死んでしまいたいと思ったが、拘束され動くこともできず、猿轡をされているため舌を噛むこともできない。

(フェリクス様……お願い、来ないで……)

どうか自分のことなど見捨てて欲しい。こんなどうしようもなく利己的な女など。

自分のせいでフェリクスの命が危険に晒されるなど、絶対にあってはならない。

だがそんなコレットの切実な願いは、叶うことなく。

数時間後、建物の外が騒がしくなった。

「コレット……！　どこだ……！」

そうしてもう二度と聞けないと思った、愛しい声がする。

その声を聞いた瞬間。コレットの心が、絶望で塗りつぶされた。

「くそっ……！　何でここが分かったんだ……！　いくら何でも早すぎるだろう……！」

準備途中だったのだろう。フォルタン王国の斥候が苦々しく吐き捨てる。

確かにそれはコレットも思った。やはりフェリクスは、その見た目通り邪法やら呪法的なものが使えるのだろうか。

「こっちに来い！」

賊に腕を引っ張られ、コレットの目隠しと猿轡が外される。

おそらくはコレットが悲鳴を上げ、泣き叫び、助けを求めるようにするためだろう。

彼らはフェリクスの目の前で、そんなコレットを残酷に殺し、彼の心を傷つけるつもりなのだ。

見えるようになった目で周囲を見渡せば、そこは木造の粗末な小屋だった。

堆肥や薔薇の苗、鋏《はさみ》や鉈《なた》、シャベルなどが乱雑に置かれている。

(庭園にある物置のようね……)

するとけたたましい音を立てて、木の扉が蹴り開けられた。

そして現れたのは、普段にも増して魔王さながらに殺気が滲み出る、凶悪な顔をしたフェリクスだった。

その視線だけで命を絶たれそうだ。手には抜き身の剣が握られている。

男たちが、「ひっ！」と小さく怯えた声をあげた。

確かにこれは怖いだろう。見た目は完全に人外である。

だがコレットは最後にその姿を目に焼き付けんと、じっと彼を見つめた。

やはりフェリクスは格好良くて、そして、とても可愛い。

慌てた斥候たちに無理やり立ち上がらせられると、コレットの首元にナイフが突きつけられた。

「この女の命が惜しければ、今すぐその剣を捨てろ……！」

フェリクスを恐れつつも、賊たちは唾を飛ばしながら怒鳴る。

きっと彼らはコレットに、無様に泣き叫んでほしいのだろう。

フェリクスに対し「死にたくない」と縋ってほしいのだろう。

(……そんなこと、絶対にしてやるものか)

——さあ、来るべき時が、来たのだ。

フェリクスが手に持った剣を、床に放り投げようとした、その瞬間。

コレットは満面の笑みを浮かべた。するとその場に妙な緊張感が走った。

「……ねえ、フェリクス様」

声が震えないよう、細心の注意を払ってコレットは言葉を紡ぐ。

「私、本当はあなたの妻なんかじゃないの」

コレットは小馬鹿にしたように嘲笑った。

フェリクスの銀色の目が、驚きからか大きく見開かれる。

「お金の代わりに指輪をもらっただけよ。本当はあなたに求婚なんて、されていないの」

言葉を吐くたびに、心が軽くなっていくのが分かった。

どうか自分に失望してほしい。嫌悪してほしい。

見捨ててほしい。そしてここから逃げ延びてほしい。

こんな女のために、命を捨てるような馬鹿馬鹿しいことは、しないでほしい。

「ただお金が欲しかったから、バシュラール公爵家に入り込んで、あなたの妻のふりをしていただけよ」

涙がこぼれそうになるのを必死に堪える。

こんなところで泣いてはいけない。そんな権利は、自分にはない。

なんせコレットは、悪女なのだから。

金目当てに公爵家に入り込んだ、どうしようもない女なのだから。

だからコレットは、にっこりと涙の代わりに嘲笑った。

「――ねえ、フェリクス様。あなたはずっと、私に騙されていたのよ」

◇◇◇◇

フェリクスはコレットが何かを隠していることに、うっすらと気づいていた。

彼女はいつも穏やかに微笑んでいるくせに、時折何故か罪悪感に塗れた顔をするのだ。

そしておそらくそのコレットの秘密は、フェリクスの失った記憶の中にあることも、なんとなく想像がついた。

(……コレットが隠していたいのなら、無理に暴いてはいけない)

そう思い、あえて聞き出そうとはしなかった。

けれども本当は、何がそんなにも彼女を苛んでいるのか、ずっと知りたかった。

知って大丈夫だと、何の問題もないのだと、そう言ってやりたかった。

だからこそフェリクスは、失った記憶を取り戻したかったのだ。

「…………コレット?」

差し込む日差しに目を覚ませば、いつも隣にいるはずの妻がいなかった。

慌てて飛び起きて探しに行こうとしたところで、今日は寝室を別にしていたことを思い出し

た。

（……そういえば寝付きも悪かったな）

温かなコレットの体を抱いて寝ることに慣れてしまっていたからか、独寝のあまりの寂しさに、昨夜はなかなか寝付けなかった。情けないことである。

知らぬ間に自分は、随分と彼女に依存していたらしい。

つい数ヶ月前まで、一人で寝起きしていたはずなのに。もうその頃のことを思い出せない。

どうにも彼女に会いたくなって、着替えてすぐに妻が眠っているはずの部屋を訪ねれば、そこはもぬけの殻だった。

ふと、嫌な予感がした。胸の奥がツンとするような。

そしてフェリクスの嫌な予感というのは、大体が当たる。

彼が長きに亘り、戦場で生き抜くことができた理由の一つだ。

一度己の部屋に戻り剣を佩《は》くと、フェリクスは必死にコレットを探した。

連れてきた公爵家の数人の私兵も手伝わせ、子爵邸中を探したが見つからない。

「姉上は一体どこへ……？」

起きてきて事情を聞いたオーブリーが、不安げな幼子のような声でつぶやいた。

コレットが自ら出ていったということはないだろうと、フェリクスは結論づける。

彼女は真面目で家族に心配をかけることを、非常に嫌がる傾向がある。

よって書き置きの一つも残さずに姿を消すとは、考え難い。

（——つまりは誘拐された、ということか）

この子爵邸は使用人もいない上に、警備も非常に甘い。

盗まれたら困るものも大してないのだろうとは思うが、ここにきてからフェリクスはずっとそのことを危惧していたのだ。

（……一緒に寝ていればよかった……！）

母と弟の前だからと恥ずかしがる彼女を言いくるめて、いつものように大切に腕の中に囲って眠ればよかったのだ。

フェリクスは、深い後悔に苛まれた。

今頃コレットはどうしているだろうか。

無事だろうか。怪我などしていないだろうか。——生きているのだろうか。

つい半日前まであった彼女の温もりを思い出し、それが失われることを想像し、フェリクスの足元から、絶望が這《は》い上がってくる。

だが門番をさせていた公爵家の私兵を問いただせば、怪しい人間は見ていないと言う。

その言葉を信じるのならば、内部犯ということになるが。

（コレット……！　どこに行ったんだ……！）

どこかで何か異変があったはずだ。コレットが攫《さら》われる理由が。

フェリクスは必死に頭を巡らせる。

（考えろ、思い出せ、どこかに何か引っ掛かるものが――）

フェリクスは忙《せわ》しなく自らの頭を拳で叩いた。

頭に衝撃を与えてみればいいんじゃないか、というベルトランのいい加減な助言にすら縋ってしまうほど、追い詰められていた。

コレットの死という恐怖から、フェリクスの頭がこれまでになく回転していた。

『我慢できて偉いですね……！』

その時、頭の中で愛しい女の声がして、ずきりと腹部が疼いた。

「――あ」

身体的な痛みを伴う記憶は、忘れにくいものなのだという。

フェリクスは思わず腹を手で押さえた。そこにはかつて受けた傷があった。

じわじわと記憶が蘇《よみがえ》ってくる。躊躇も容赦も無く彼の傷を縫う、今よりも幼いコレットの姿。

『裁縫は得意なんです！』

おかげで人間まで綺麗に縫えるのだと、そう言って得意げに笑う彼女に恋に落ちた。

更に記憶は遡る。視察中にフォルタン王国の諜報部隊《ちょうほうぶたい》により、突然奇襲を受けた時のこと。

数え切れないくらいの敵兵を切り捨て、何とか撤退させたものの、フェリクスを含め多くの被害が出た。

そしてフェリクスの腹に小刀を投げて命中させた諜報員《ちょうほういん》の男。――その顔に、見覚えがあった。

つい昨日、フェリクスはその顔を見ている。

「――庭師だ」

「え？」

ポツリと落とされたフェリクスの言葉に、皆が振り向く。

「この屋敷の若い方の庭師に見覚えがある。――フォルタン王国の諜報員だ」

道理でコレットと庭園へ行き、あの庭師の顔を見た時に妙に嫌な気分になったわけだ。

フェリクスはあの男によって、腹部に重傷を負ったのだ。

おそらく記憶は忘れても、体はその痛みを覚えていたのだろう。

私兵は、門を出入りした人間はいないと言った。――だとしたら、考えられる場所は。

「庭園にある、庭師用の物置です……！」

あそこなら人目に付き辛いと、叫んだオーブリーが走り出す。

フェリクスももちろんその後を追う。

（頼む……コレット……！　無事でいてくれ……！）

それ以外、もう何も望むことなどなかった。

やがてたどり着いた、庭園の端にある木造の掘っ立て小屋。

「コレット……！　どこだ……！」

名を呼べば、確かにその小屋の中に、人の気配があった。

フェリクスはその薄い板でできた扉を、渾身《こんしん》の力で蹴り破る。

そこには若い庭師を含めた三人の男と、彼らに囲まれ小刀を首に突きつけられたコレットが
いた。

(……よかった。まだ無事だ……！)

フェリクスは生まれて初めて神に感謝した。あとはこの三人を血祭りに上げるだけでいい。

「妻の命が惜しければ、今すぐその剣を捨てろ……！」

諜報員の一人が、焦ったように怒鳴り散らす。

やはり彼らの狙いはフェリクスのようだ。コレットは巻き込まれただけだ。

きっと今、彼女はどれほどの恐怖の中にいるだろう。

その心を思い、フェリクスの胸が潰れそうになる。

(大丈夫だ。あの程度の輩、剣などなくとも、何とかなる)

コレットを取り返すべく、フェリクスが剣を捨てるふりをして、隙を窺っているところで。

何故か、コレットがふと微笑んだ。

それは全てを、自分の命すらも捧げる覚悟を決めた、殉教者の目だった。

その目をフェリクスは知っていた。

国や家族のために、もう帰れぬと知りながら絶望的な最前線に向かう兵士の目だ。

フェリクスの背中に、ぞわりと冷たいものが走る。

「……フェリクス様」

コレットが甘やかな声で、フェリクスの名を呼んだ。


「私、本当はあなたの妻なんかじゃないの」


コレットはフェリクスを小馬鹿にしたように嘲笑った。

それなのに、泣いているように見えるのは何故だろう。フェリクスは目を見開く。

「お金の代わりに指輪をもらっただけよ。本当はあなたに求婚なんて、されていないの」

フェリクスの愚かさを嘲るように紡がれている言葉なのに、どこか悲痛な響きを滲ませている。

コレットが秘密にしていたこととは、このことだったのだろう。

蘇った記憶を浚《さら》っても、確かに彼女に求婚をした記憶は出てこない。

（まだ思い出せないだけだと、固く信じていたのに……！）

なんということだろう。フェリクスは心に深い衝撃を受ける。

「ただお金が欲しかったから、バシュラール公爵家に入り込んで、あなたの妻のふりをしていただけよ」

　そしてコレットは、にっこりと嘲笑った。

「――ねえ、フェリクス様。あなたはずっと、私に騙されていたのよ」

「はあ？　何を言ってるんだ。この女」

　突然人質だと思っていた女が実は詐欺師で、人質として何の価値もないことを知らされ、フォルタン王国の斥候たちが明らかに動揺している。

　その隙を、フェリクスは見逃さなかった。

　コレットの首に小刀を突きつけている賊の腕を切り落とし、その体を蹴り飛ばして、彼女を抱き寄せる。

　それを合図に、フェリクスの後方にいたバシュラール公爵家の私兵たちが一気に小屋の中に突入し、賊たちを打ち倒した。

　その残酷な場面をコレットに見せぬよう、フェリクスはコレットを強く抱きすくめる。

　彼女の小さな体は、フェリクスの大きな体ですっかり包み込めてしまうのだ。

　コレットは震えていた。ごめんなさい、ごめんなさい、と繰り返し詫びながら。

　フェリクスはただ黙って、宥めるように彼女の背中を撫でていた。

フォルタン王国の斥候たち二人はその場で命を落とし、生き残った一人は捕らえられ、すぐに王都へと送られることになった。

これを持って、エルランジェ王国はフォルタン王国にさらに圧力をかけることになるだろう。

フォルタンの斥候たち三人は、全員アングラード子爵領の元領民だと偽り、領地内に入り込んでいた。

さらにそのうちの一人は庭師の見習いとして、子爵邸の内部にまで入り込んでいたのだ。

コレットは庭師の息子だと思っていたようだが、全くの他人であり、受け入れてしまった庭師も、オーブリーもひどく落ち込んでいた。

「本当に申し訳ございませんでした」

己の浅慮さが大切な姉を、そしてその夫であり、この国の公爵たるフェリクスを危険に晒してしまったと、オーブリーは深く頭を下げ滂沱《ぼうだ》の涙を流しながら詫びた。

確かに今回は幸いにも被害が出なかったが、下手をすれば最悪の事態になる可能性もあった。

誰しも若き日の失敗はあるものだ。叱責するまでもなく、今回の件はオーブリーにとって生涯消えぬ傷となったことだろう。

だからフェリクスは何も言わず、彼の頭を強めにガシガシと撫でるにとどめた。

ちなみにその間、コレットはずっとフェリクスの腕の中である。

事件解決からずっと、フェリクスはコレットをぬいぐるみのように片腕に抱いたまま、一切下ろそうとはしなかった。

それだけ妻を失うことが怖かったのだろうと、周囲は生ぬるい目で見守っている。

コレットはというと、若干虚無を宿した泣《な》き濡《ぬ》れた目で、されるがままになっていた。

因みにあの時コレットが言った言葉は、賊たちを攪乱《かくらん》するための出まかせということになっていた。

そのことに対しても、彼女は納得ができていないらしい。

全ての後処理が終わり、フェリクスはコレットを抱えたまま、庭園にある四阿へと向かった。

かつて丸裸だった庭園は、今では僅かながら薔薇を眺めることができる。

そこにきてようやくフェリクスは、コレットを長椅子《ベンチ》の上に下ろした。

「……フェリクス様。本当に申し訳ございませんでした」

そしてコレットはフェリクスに対し、深々と頭を下げる。

それからぽつりぽつりと彼女らしくない小さな声で、これまでのことを話し始めた。

生活に困窮し、その中で弟まで病を得て、どうしようもなくなってしまったこと。

生きるために指輪を売ろうとし、そこで初めて裏側に彫られたバシュラール公爵家の名前に気づいたこと。

バシュラール家に援助を求めに行き、フェリクスの妻であると誤解されたこと。

そしてその誤解を正そうとせず、フェリクスの妻と偽称してバシュラール家から様々な援助を引き出したこと。

「私のしていたことは、間違いなく詐欺です。ですからこのまま牢に放り込んでいただいても構いません。ただ、これは私個人の罪ですので、どうか母と弟は――」

「……いや、そんなことはどうでもいいんだが。一つだけ聞きたい」

言葉を遮ってのフェリクスの言い草に、コレットが驚いたようにその若草色の目を見開く。

「……俺を好きだと言ってくれた、その言葉も嘘なのだろうか？」

恐る恐るのその問いに、ようやく乾いたコレットの目に、またしても涙が盛り上がった。

「信じていただけないと思いますが、それは……それだけは誓って本当です。本当なんです。私、ずっと、ずっとフェリクス様のことが――」

普段大人びているコレットが、子供のようにしゃくりあげながら、必死に想いを伝えてくる。

「だから、少しの間でも、あなたの妻として過ごせて、幸せでした……。あなたにとっては、迷惑なことだったと思いますが……」

しかもコレットは、ずっと自分の片思いであったと思い込んでいるらしい。

フェリクスは思わず大きなため息を吐いた。

失望させたと思ったのか、コレットの華奢な肩がびくりと大きく震え、フェリクスは慌てて口をつぐむ。

とりあえず、彼女を落ち着かせなければなるまい。その泣き顔もとても可愛いけれども。

「……コレット」

「……はい」

「モテない男の惚《ほ》れっぽさと冷めにくさを、舐めないでほしい」

「……はい？」

意味がわからないとばかりに、コレットがこてんと首を傾げた。そんな姿もとても可愛い。

「モテない男はな、可愛い女の子に優しくされたら、すぐ好きになっちゃうものなんだよ」

そして一度好きになってしまったら、なかなか冷めないものなのである。

やっぱり意味がわからないと、コレットの目が言っている。

「君に腹を縫ってもらった時から、俺は君に恋をしている」

コレットの潤んだ目が、まんまるに見開かれる。こぼれ落ちてしまいそうで心配だ。

「俺はずっと君が好きで、用もないのにしょっちゅう病室に行っては君を探して覗き込んで、ベルトラン殿下に揶揄われていた……」

「ふぇ、フェリクス様、記憶が……！」

フェリクスが記憶を取り戻していることに気づいたコレットが、目を白黒させている。

「さらには記憶を失って家に帰ったら、またしても君に一目惚れしてしまった」

コレットがぎゅっとフェリクスの服にしがみついた。

耳が赤くなっていて、やっぱりとても可愛い。

「知らぬ間に結婚していたことになっていて驚いたことは事実だが、こんな可愛い妻がいて、俺はなんて幸運なんだと思っただけだ」

なんせ結婚までのあれやこれやを全てすっ飛ばし、いきなりめちゃくちゃ好みな可愛い女の子との大団円開始《ハッピーエンドスタート》である。

人間関係を構築するのが苦手なフェリクスからすれば、幸運にもほどがある。

コレットの目から、またぼたぼたと涙が溢れる。

フェリクスは小さく笑って唇を近づけると、その涙をひとつずつ唇で吸い上げた。

くすぐったそうにコレットが身を竦めるから、調子に乗って舌で頬を舐め上げたら小さく飛び跳ねたのでまた笑う。

「わ、私、フェリクス様を騙していたのに……」

「そう、それだ。むしろ俺は、予想を裏切らなかった自分に酷く落胆している」

「はい？」

「記憶のない時は、俺はやる時はやる男だったのだと自分を褒めていたのに……！」

コレットに求婚したと聞いた時、当時の自分を讃《たた》える気持ちでいっぱいであったのに。

蓋を開けてみれば。実際の自分がしたことは、色々と適当な言い訳して、騙すようにコレットに指輪を押し付けることだけだった。

――本当はあの時、ちゃんと愛を乞い、求婚をするつもりだったのに。

「死ぬかもしれない人間に求婚されても君が困るだろうとか、求婚した上で死んだら、君の精神的負担になるだけだとか色々と考えてしまって……」

ちっともやるべきことをしていなかった。どうしようもない意気地なしである。

思い出した記憶の中を必死に探しても、どこにもコレットに求婚した記憶がなく、きっとまだ思い出せていないだけだと希望を捨てずに自分に言い聞かせていたのに、やっぱり求婚していなかった。

どうしようもなく情けない自分に、がっかりである。

ベルトランに露見したら「やっぱりな！　そんなことだろうと思ってたよ！」と笑い転げられるに違いない。

「むしろいっそのこと、このままちゃんと求婚していたということにしてはもらえないか……？」

フェリクスがそうぼやけば、コレットは小さく吹き出し、ころころと鈴の音のような声をあげて笑いながら泣いた。

「俺があの時ちゃんと求婚していたら、君はこんなに苦しむことはなかったのにな……」

時間を戻したい。切実に。そして別れのあの時に、彼女の前に跪《ひざまず》いて愛を乞いたい。

『好きです。結婚してください』

（本当になぜそれが言えなかったんだ……！　自分……）

そういうところが自分がモテない所以《ゆえん》なのである。きっと。フェリクスは落ち込んだ。

母の指輪を渡す時点で、はっきりとコレットを妻にと望んでいたのだ。

この戦争が終わったら会いにいって、今度こそ求婚しようと思っていた。

それなのに、落馬してその記憶自体を失うという大失態である。

彼女が追い詰められ、バシュラール公爵家に助けを求めなければ、この縁は切れたまま。

大切なものを失ったことにも、気付かずにいただろう。

「つまり君には、感謝しかないということだ」

そしてフェリクスは、コレットの左手薬指から、指輪を抜き取る。

コレットが一瞬傷ついた顔をし、すぐにそれを隠すように笑みを浮かべる。

どうやらまた妙な誤解をしているらしい。フェリクスは慌ててコレットの前に跪く。

愛しい女に求婚するために。

「コレット・ニナ・アングラード嬢」

「……は、はい」

「俺と生涯を共にしてはいただけませんか？」

「……はい？」

疑問形のその返事に、フェリクスの顔が若干引き攣った。

だめだ。今のうちひしがれているコレットに、遠回しな表現は利かない。

絶対に明後日の方向に勘違いしそうだ。

だからそれ以外に認識のしようがない、簡潔ではっきりとした言葉で伝えなければ。

「愛してる。どうか俺の妻になってくれ」

その言葉を紡ぐために、フェリクスは勇気を振り絞り、一生分の意気地を使った。

羞恥で顔は熱いし、緊張で声は無様に震えている。

だがフェリクスは、少しだけ自分を見直し好きになった。やればできる男だったと。

そしてあの頃よりもさらに美しく、さらに愛しくなったコレットの左手の薬指に、指輪をくぐらせる。

その指輪はまるで誂えたかのように、ぴったりとコレットの指に嵌《はま》った。

みるみるうちにまたコレットの緑柱石色の目に涙が浮かび、溢れ始めた。

「本当に、私なんかで、良いのですか？」

「俺は、コレットが良いんだ。むしろ君以外考えられない」

「私はあなたを騙して、利用するような女ですよ」

「俺ならいくら騙しても、利用しても構わない。他の男のところに行かれるよりも、ずっといい」

あの時、追い詰められたコレットは、真剣に身を売ることも考えていたという。

そんなことになるくらいなら、いくらでも騙してもらって構わないし、いくら利用してもら

ってもも構わない。

そんなことを言い募れば、コレットはきょとんと目を見開き、それからまた声をあげて笑った。

「フェリクス様はすぐに人に騙されてしまいそうで心配です。お人好《ひとよ》しにもほどがあるでしょう？」

「そうか？　人を見る目には自信があるつもりだが」

「私に騙されていたのに？」

「騙されたことで君が妻になってくれたんなら、幸運としか言いようがない。やっぱり自分の人を見る目を褒めてやりたいな」

戦争から屋敷に帰ってみたら、突然見知らぬ妻がいた。

最初こそ困惑したものの、すぐにそれを幸運としか思わなくなった。

今思えば、本来警戒心の強いはずの自分が、彼女に対しては何故か驚くほどあっさりと警戒を解いた。

それはつまりは魂が、彼女を覚えていたのかもしれない。

——なくした記憶の中で、自分がコレットを心から愛していたことを。

だがここまで言ってもコレットは、まだどこか不安そうにしている。

フェリクスもまた不安になり、必死に言葉を重ねた。なんとか彼女の答えがほしい。

「愛してる。コレット。頼む。どうか『はい』と言ってくれ……！」

だが焦りが募って、妙に情けない求婚になってしまった。

それを聞いたコレットは、小さく吹き出した。

そしてそのまま声を上げて笑いながら『はい』と言って涙をこぼした。

エピローグ　冷徹公爵は妻が可愛くて仕方がない

コレットとフェリクスの婚礼は、あの誘拐事件から四ヶ月後、気候が良い秋に行われた。

バシュラール公爵領で最も大きく由緒ある神殿で、聖歌が響き渡る中、コレットはこの度正式に義父となるロドルフに手を引かれながら、ゆっくりと祭壇に向かって歩いていく。

足の悪かった義父だが、コレットが毎日強引に散歩に連れ出した甲斐もあって、随分と歩けるようになっていた。

こうしてコレットが隣で支えれば、しばらく杖なしでも歩けるほどだ。

陽の光がステンドグラスから差し込んで、様々な色を磨かれた大理石の床に落としている。

その幻想的な色に包まれながら、コレットはその美しさにため息を吐いた。

かつてフェリクスの両親も、ここで婚礼を挙げたのだという。

本来なら挙式の際、新婦は父親と共に祭壇で待つ新郎の元へ向かうものなのだが、コレットの父はすでに亡くなっている。

ならば弟に頼むべきかと考えていたら、ロドルフが『仕方がないから、儂が一緒に歩いてやってもいい』などと言い出したのだ。

あえて『そんなご迷惑はかけられませんから……』と殊勝に言ってみればロドルフは『迷惑などではない。儂がやる！』と慌てだしたので、フェリクスと目を合わせ微笑みあった。

コレットはもちろん『よろしくお願いいたします』と彼の手を取った。

相変わらずロドルフは素直ではないが、彼には実の娘のように可愛がってもらっていることを知っている。

この度婚礼を挙げるにあたり、誰よりも尽力してくれたのだ。

出会った日こそ最悪の心証であったが、最悪だともう上がるしかないらしい。

今では彼のことを、すっかり家族として受け入れていた。

フェリクスもロドルフとよく会話をするようになった。話題は大体コレットのことなのだが。

『この半年で、これまでの二十六年分以上の会話を父とした気がする』

などとフェリクスが言っていたので、これまで本当に会話のない親子だったのだろう。

よく喧嘩《けんか》もしているが、コレットがいることで度を超さずにいられるらしい。

そんなコレットが身につけている花嫁衣装は、白絹に大量のレースが縫い付けられており、裾がふんわりと膨らんだ可愛らしいものだ。

コレットのどこか幼なげな可愛らしい雰囲気に合わせ、フェリクスとロドルフがああだこうだとやはり若干の親子喧嘩《げんか》をしつつも、仕立てさせたものらしい。

熟練のお針子たちによる細やかな銀糸の刺繍が全体に施されており、ところどころに小さな真珠が散りばめられている。

バシュラール公爵家の財力を見せつけるような素晴らしい一品であり、もちろん怖くて値段は聞いていない。

世の中には知らない方が幸せなことが、多々あるのである。

参列者の視線を一身に集めながら、コレットは顔を上げ、真っ直ぐに夫となるフェリクスを見つめる。

軍人であるからと、国軍の儀礼服を纏い、多くの勲章を下げたその姿は、麗しくて目が眩みそうだ。

だが緊張しているらしく、若干目が泳ぎ、手が小さく震えている。

表情自体は動いていないので、コレット以外誰も気づいていないのだろうが。

(今日もフェリクス様が可愛い……！)

男性を『格好良い』ではなく『可愛い』と思ってしまったら、沼に嵌まっているということなのだと、前にベルトランが言っていた。

間違いなくコレットは、フェリクスという沼に嵌まってしまっているのだろう。

ちなみにベルトランは、王の名代として参列し、最前列でニヤニヤと楽しそうに笑っている。

手の震えにも気づかれているようなので、きっとフェリクスは後で散々揶揄われることだろう。


母と弟も参列してくれた。母は溢れる涙を手巾で抑えており、この一年で随分と子供らしさが抜けた弟は、声に出さずに口の動きだけで『お綺麗です』と伝えてくれる。

緊張はあれど、心が幸せな気持ちで満ちていく。

長い時間をかけフェリクスの元へ辿《たど》り着《つ》くと、コレットの手がロドルフからフェリクスへと委ねられる。

するとフェリクスが、うっとりと幸せそうに笑った。

彼の満面の笑みを見たのは、これが初めてかもしれない。

そのあまりの色気と眩《まばゆ》さに、コレットの魂が口から抜けそうになってしまった。もちろん参列者からも黄色い悲鳴が上がった。

神官の前で二人で並び立ち、永遠の愛を誓い合う。

何の憂いもなくここに立てたことが、たまらなく嬉しい。

きっとフェリクスに秘密を抱えたままであったら、こんな気持ちにはなれなかっただろう。

(本当に、良かった……)

こんなことなら、もっと早く打ち明けていれば良かったとすら思う。

そうしたら彼と過ごす日々を、もっと満喫できたかもしれないと。

(でも、甘えすぎてしまったかもしれないわね)

後ろめたさがあるからこそ、コレットは必死になってバシュラール公爵家のために尽くしたとも言える。

そうでなければ、もっと甘ったれた性格になっていたかもしれない。

それは全ての蟠《わだかま》りが解けた今だからこそ、言えることではあるが。

神官に促されるまま、コレットはフェリクスと向かい合う。

そしてそっと目を瞑れば、フェリクスの柔らかく温かな唇が落ちてきた。

ああ、本当にこれで完璧に彼と夫婦になれたのだと、コレットの目から一粒涙がこぼれ落ちた。

その後盛大にバシュラール公爵邸にて披露宴が行われ、明るく元気に酔っ払っているロドルフを横目に、コレットは公爵夫人として挨拶して回った。

皆が自分たちを祝福してくれる。そのことが嬉しい。

目まぐるしく動き回って、気がついたら日が暮れて、コレットは一足早めに会場を退席すると侍女たちに体を磨き上げられて、寝室に放り込まれた。

肌から塗られた薔薇の香油の香りがする。フェリクスが戦場から帰ってきた日を思い出し、コレットは微笑む。

あの時は、こんな日が来るとは思わなかった。

だが今思えば、フェリクスに記憶があったとしても、この屋敷から追い出されることはなかったただろう。

誠実で優しい彼のことだ。コレットの事情を聞いて、ただただ親身になってくれたに違いない。

ちなみに指輪と求婚の真実については、結局フェリクス以外には誰にも話していない。

実際意気地がなく求婚はできなかったとはいえ、フェリクスが当時からコレットを妻に望んでいたことは間違いなく。

フェリクスの名誉のためにも、コレットの名誉のためにも、ここは二人だけの秘密にしておいた方がいいだろうという結論に至った。

——そう、世の中には不要な真実も存在するのである。

これまでのことを振り返りつつ、コレットが寝台に腰掛けてぼうっとしていると、突然ノックもなく寝室の扉が開かれた。

あの日は驚いたけれど、今では誰かわかっている。コレットは微笑みを向けた。

「こんばんは、フェリクス様」

そこにいたのは長い黒髪を濡らしたままガウン姿で立っている、夫のフェリクスだった。

湯上がりだからか、真っ白な肌がうっすらと赤らみ、ガウンの合わせの部分から鎖骨とよく鍛えられた胸筋が覗いている。

相変わらずの圧倒的美、圧倒的色気である。だがそれだってもう見慣れたものだ。

なんせこれまでも、ほぼ毎日この寝室で抱き合って眠っているのだから。

（初夜だというのに、なにやら若干の今更感があるわね……）

フェリクスが近づいてくる。コレットが素直に両手を広げればひょいと抱き上げてくれた。

コレットは小柄なため持ち運びが楽らしく、よくフェリクスに抱き上げられたまま運ばれている。

最初は恥ずかしかったのだが、最近は移動が楽で良いかも、とちょっと思ったりする。

すっかりフェリクスに毒されているようで、危険である。

コレットは両手が塞がっているフェリクスの頬を、そっと撫でる。

少しくすぐったそうに首を竦める彼が、なんとも可愛い。

それから顔を近づけると、その形の良い赤い唇に、コレットは自分の桃色の唇をちゅっと音を立てて触れ合わせた。

口づけなどもう数え切れないくらいに繰り返しているのに、それでもほんのりと耳を赤らめてくれるフェリクスが、やはりとても可愛い。

思わずその色づいた耳朶《じだ》を、はむはむと食《は》んでしまった。

すると彼の眉がほんの少しだけ情けなく下がる。くすぐったかったのだろう。

そしていつものように、コレットを優しく寝台の上に横たえてくれた。

フェリクスは壊れやすいものに触れるように、コレットに触れる。

その指先からも、大切にされていることがわかって、たまらない気持ちになるのだ。

フェリクスが手を伸ばし、コレットのストロベリーブロンドの髪を優しく撫でる。

「コレットの髪は柔らかくて気持ち良いな」

フェリクスの髪は真っ直ぐで艶やかで腰があってサラサラとしている。

羨ましいことこの上ないのだが、彼は細くて柔らかくて痛みやすいコレットの髪の方が好きらしい。

その手触りを楽しむようにふわふわと指で梳いたあと、そっとのしかかってくる。

いつもの如く下から見上げる彼の顔は、背筋が凍るほど美しい。

慣れた今でも、腰から力が抜けてしまう。

フェリクスがガウンを脱ぎ、寝台の外に落とした。よく鍛えられた肉体が顕わになる。

軍人らしくところどころにある傷痕が、唯一彼の人間らしさを醸し出して、生々しさといやらしさを感じさせる。

それからフェリクスは、手際よくコレットの着ている薄絹のネグリジェを脱がせ、穿《は》いていたドロワースも脱がせ、それらも寝台の外へと落とした。

互いに生まれたままの姿になって抱きしめ合う。

さらりとした温かな素肌を触れ合わせると、とても心地が良い。

フェリクスの唇が降りてきて、コレットの顔中に啄《ついば》むような口づけを繰り返す。

くすぐったくてコレットがくすくすと笑うと、その笑う唇を塞がれた。

「んむっ!」

思わずくぐもった声をあげると、緩んだ唇から容赦なくフェリクスの舌が入り込んでくる。

初めての時、恐る恐る伸ばされていた舌は、今ではコレットの口腔内を我が物顔で蹂躙してくる。

舌を絡め取られ、喉奥までも暴かれ、飲み込み切れなかった唾液がいやらしい音を立てながら攪拌《かくはん》される。

すっかり手慣れたものである。驚くべき彼の成長に、コレットはやはり若干虚無の目をする。

そして外気に触れ、ツンとした痛痒《いたがゆ》い感覚とともに勃ち上がったコレットの胸の頂を、フェリクスの指先が軽く弾いた。

「っんん!」

思わず小さく腰を跳ねさせれば、フェリクスが体重をかけてコレットが快感から逃れられぬようしっかりと身体を拘束してしまう。

それからコレットの乳房に顔を埋め、両手で優しく掴みあげると、やわやわと揉み始めた。

フェリクスはコレットの胸が好きだ。よく幸せそうにこうして顔を埋めている。

コレットは思わず手を伸ばし、彼の後頭部をよしよしと撫でた。

するとそれを子供扱いのように感じたのか、咎めるように指先でコレットの両胸の乳嘴を摘み上げた。

「っあ……！」

掻痒感を満たされたような快感と共に、下腹部が内側へきゅうっと締め付けられるように甘く疼いた。

コレットの反応に気をよくしたのか、フェリクスは固く勃ち上がって色を濃くしたそこを、押しつぶし、摘み上げ、上下左右に揺すった。

「あ……っう、あぁ……」

与えられる刺激に連動するかのように、コレットが甘やかな声をあげる。

こうして抱き合うようになって半年。もはや声を我慢することもしなくなってしまった。

その方がフェリクスが喜ぶからだ。かつてはふしだらな女だと思われたらどうしようと不安だったが、女性を感じさせ声を出させることは、むしろ男性の自信に繋がり、喜ばしいことらしい。

フェリクスの唇が、舌が、コレットの首筋を辿り、やがて胸へと至る。

そして胸の頂を強く吸い上げ、痛みに転じない程度に甘噛みし、舌先で押しつぶす。

その度に下腹に甘い疼きが積み上がり、引き絞られるような感覚がおこり、コレットにそこにある飢えを認識させるのだ。

「フェリクス様……」

乞うように縋るように名を呼べば、意地悪そうに片方の口角だけを上げてフェリクスが笑う。

「口で言わなければわからないのだろう？　コレット」

その姿は完璧に魔王である。コレットの口からはっきりと伝えなければ、与える気がないのだ。

いや、確かに相手に察することを強いるのは良くないと思うが。それとこれとは別ではないだろうか。

この世界には、どうしたって口にしづらいことがあるのである。

だが悪の枢軸のような顔をして、色気ダダ漏れでこちらを見てくるフェリクスは、どうにも引いてくれそうもない。

「下も、触ってほしいんです……」

堪えられなくなったコレットは、心で泣きつつ小さな声で強請った。

するとフェリクスは嬉しそうな顔をしてコレットの下肢へと腕を伸ばし、脚の間にある髪よりも少し濃い桃色の茂みを梳いた後、その下に隠された割れ目へと指を伸ばした。

「ひあっ……！」

秘裂に沿って彼の硬い指先が行き来し、小さな水音が鳴る。

フェリクスの愛撫で、コレットはすでに蜜を外まで溢れさせていた。

「コレット。すごく濡れている」

これまた嬉しそうに言われ、コレットは居た堪れなくなってしまった。

それなのにフェリクスの指は優しくその表面をさするだけで、全く物足りない。コレットはうずうずと腰を揺らす。

（意地悪だわ……！）

さらにコレットを辱めるつもりなのだ。いつから彼は、こんな意地悪になってしまったのか。

「フェリクス様……もっと強くして……？」

お願い、とうるうると目を潤ませながら、上目遣いで言えば、こくりとフェリクスの喉が上下した。

そしてフェリクスはあろうことか、コレットの太ももに腕を差し込み大きく脚を広げさせると、その付け根に麗しい顔を埋めた。

「フェリクス様、何を……！　っああ……！」

フェリクスの舌が割れ目に差し込まれ、下から舐め上げられる。

そしてそこに隠されていた小さな神経の塊を、根本から押し上げるように力強く舐められた。

突然与えられた強い快感に、コレットの体がびくびくと、地上に打ち上げられた魚のように跳ね上がる。

さらに蜜口に指を差し込まれ、外と中、同時に刺激を与えられて。

「────っ‼」

中に入れられた指で膣壁を押し上げられつつ、陰核を唇で吸い上げられたコレットは、脚と手でフェリクスの頭を押さえつけたまま声も上げられないほど深く絶頂した。

内側の脈動と共に、下腹部から熱いものが溢れ出し、じわじわと痛痒いような感覚と共に全身の先端へと広がっていく。

絶頂の中、吸い付くようなぜん動を続ける膣内を、フェリクスの指は探り続ける。

押し広げるように、掻《か》き出《だ》すように、コレットを苛むせいで、絶頂が長引きなかなか降りてこられない。

「フェリクス様……！　もうゆるして……！」

これ以上は無理だと、半泣きでコレットが首を横にふれば、少し不服そうにしながらも、フェリクスは中から指を抜いてくれた。

どうしても、すぎた快楽は辛いのだ。

空洞になった中が、ひくひくと蠢《うごめ》いている。自分で指をぬけと言っておきながら、実際にからっぽになってしまうと、そこが寂しくて仕方がない。

強い快楽に晒され続けたコレットは、まともな思考ができなくなっていた。

コレットはまた両手を広げる。フェリクスの頭が脚の間にあって、腕が、胸が、寂しかったのだ。

「フェリクス様……おねがい、……きて？」

コレットの懇願の声に、フェリクスは小さく唸《うな》り声《ごえ》のような声を出し、一瞬凶暴な獣のような顔をした。

そして溢れんばかりに蜜を湛えたそこに、力強く天井を向き、猛《たけ》った己を一気に押し込んだ。

そのままコレットをぎゅうっと強く掻き抱くと、そのまましばらく動かずにいてくれる。

コレットとフェリクスではやはり体格差があり、しばし慣らす時間が必要なのだ。

疼いていた場所が一気に満たされるが、お腹がいっぱいで、コレットは細かく呼吸をする。

やがてフェリクスを受け入れ、強張った身体が緩む。

フェリクスも必死に堪えているのだろう。眉間には深く皺が刻まれ、わずかに腰が前後に震えていた。

「……もう、大丈夫です」

コレットはフェリクスの耳元で囁いてやる。

するとフェリクスが一度大きく腰を引いた。そこでずるりと内側を擦られ、コレットがその快感に大きく背中をのけぞらせる。

引き抜けるすれすれまで腰を引いたあと、フェリクスは思い切りコレットを穿った。

「あああっ……！」

肌がぶつかり合う乾いた音と共に、子宮を押し上げられ、コレットは高い声をあげた。

何度も腰を打ちつけられ、奥が気持ち良くてたまらない。

「……もっとコレットの奥に入りたい」

突き上げるたびに歓喜の声をあげるコレットに、フェリクスはそう言って彼女の片足を己の肩に乗せると、さらに隙間なく彼女を穿った。

「ひぃあ……！」

奥深くまで暴かれて、コレットが腰をくねらせ悲鳴のような声をあげる。

「だめ……それ、だめなの……！」

「どうして？」

「おかしくなっちゃう……から……」

あまりの快楽に泣きそうになりながらコレットが訴えれば、フェリクスはむしろ嬉しそうな顔をした。

これはダメだとコレットは心で泣いた。

フェリクスはコレットをおかしくする気満々である。

さらにコレットの内側を擦り上げるように、激しく抽送を始める。

「フェリクスさま……っ！」

コレットは己の腰を掴み揺さぶるフェリクスの腕に爪を立てると、そのまま達してしまった。

「――くっ」

脈動と共に搾り取るように蠢くコレットの中に耐えきれず、フェリクスもまた彼女の中に白

濁を吐き出した。

敏感なコレットの中で、全てを出し尽くすように力をなくしたものを数度扱くと、フェリクスは体重をかけすぎないようにしながら、コレットの上に落ちてくる。

隙間なく身体を重ね合わせ、互いの荒い呼吸と激しい鼓動を感じながら抱きしめ合う。

このまま一つになってしまいそうな充足感があった。

「……気持ちが良かった」

思わず、といったようにフェリクスが呟いたので、コレットは小さく吹き出し「気持ちが良かったですね」と答える。

何の憂いも罪悪感もなく、こうして抱き合えるようになったことが、本当に幸せでたまらない。

するとそれを聞いたフェリクスは、嬉しそうにコレットの顔中に口づけを落とす。

「ああ、死ぬなら今がいいな。冷たい戦場なんかじゃなくて」

できるなら、愛しい妻の腕の中で死にたい。

そんなことをフェリクスが言い出したので、コレットはまた笑う。

あの事件の後、フォルタン王国に正式に抗議したが、向こうからは何の返事もなかった。

どうやら戦争の責任を誰に取らせるかで、彼の国は未だに揉めているらしい。

そのため少なくともしばらくは、戦争を起こすような体力は残されていないだろう。

「……こんなところで死なれたら困ります。フェリクス様」

「ん？　どうして？」

「だって私、フェリクス様の子供が欲しいんですもの」

下腹を撫でながらのコレットの言葉に、フェリクスは目を見開く。

「そしてフェリクス様と子供達と、ここで末長く幸せに暮らすんです」

すっかり強欲になってしまったコレットに、フェリクスがまた幸せそうに笑う。

「フェリクス様に似たら、可愛いでしょうねえ」

「いや、コレットに似た方が絶対に可愛いだろう」

しばらく不毛な討論を重ねた後、まあ、どちらに似ても可愛いだろうという結論が出て、二人で笑って抱きしめ合う。

「……ところでコレット。子供ができる確率を上げるためにも、もう一回……」

妻の温もりにまたしても欲がもたげたフェリクスがそう言いかけたところで、腕の中からすやすやと健康そうな寝息が聞こえた。

戦争帰りの軍人という体力馬鹿のフェリクスとは違い、早朝から結婚式のため走り回っていたコレットは、疲れ果てていたようだ。

少々残念ながらも、すっかり自分を信用し、身体を預け熟睡している妻に。

幸せな気持ちになったフェリクスは、しっかり彼女を抱き直し、やがて己にもやってきた睡魔に身を任せて瞼を閉じた。

——ちなみにこの一年後、二人の間には娘が生まれることとなる。

バシュラール家総出の祝福の中で元気に生まれてきたその子は、フェリクスにそっくりの絶世の美貌と、コレットにそっくりの愛想の良さと世話好きな性格で、デビュー後すぐに社交界の花となり、のちに国を揺るがし歴史に名を残す美女となるのだが。

それはまた、別の物語なのである。

あとがき

初めまして、こんにちは。クレインと申します。

この度は拙作『冷徹公爵は見知らぬ妻が可愛くて仕方がない 偽りの妻ですが旦那様に溺愛されています』をお手に取っていただき、誠にありがとうございます。

今作は落馬してうっかり半年分の記憶を失ったヒーローフェリクスが、戦争を終えて家に帰ってみたら、妻と名乗る見知らぬ女が勝手に住み込んでいて――というお話です。

かれこれ二十作以上小説を書いてきたのですが、創作の王道である記憶喪失ものをこれまで書いたことがなかったことに気付きまして。

それじゃあ書いてみよう！　と思って本作を書き上げました。

残念ながら私はこれまでの人生において、記憶を失うという経験をしたことがありません。

記憶喪失ってどんな感じだろうかと考え、そういえば夫がお酒を飲んだ後、ごくたまに記憶を失っていることを思い出しました。

酔っ払っている際に私と話した内容を、翌朝には覚えていないのです。

『え？　俺そんなこと言ったっけ？』などととぼけたことをぬかすので、これは奴が酔っ払っている間ならいくらでも事実の改竄が可能では……？　と考えて、この作品を思いつきましたもちろんヒロインのコレットは、如何ともしがたい理由があって、良心の呵責に苛まれながらフェリクスに嘘をついているのですが……。

そんな二人のおかしなすれ違いを、楽しんでいただければと思います。

さて、最後になりますが、いつものようにこの作品に尽力してくださった方々へお礼を述べさせてください。

魔性の男フェリクスを美しく色っぽく、コレットをこれ以上ないくらいに可愛らしく書いてくださったウエハラ蜂先生。本当にありがとうございます！

いただいたイラストが美麗すぎて、いつまでも眺めていられます……！

そして竹書房様。今回蜜猫文庫が十周年を迎えるとのこと。おめでとうございます！

記念すべき十周年に書かせていただいたことを、とても光栄に思います。

担当編集様。今回も色々とご迷惑をおかけいたしました。

原稿を出すたびにいただく優しく丁寧なご感想に救われて、何とか今日も小説を書いています。

最後に、この作品にお付き合いくださった皆様に心よりお礼申し上げます。

辛いニュースばかりを聞く日々が続いておりますが、この作品が少しでも皆様の気晴らしになれることを願って。

クレイン

Mitsuneko Label

蜜猫文庫をお買い上げいただきありがとうございます。
この作品を読んでのご意見・ご感想をお聞かせください。
あて先は下記の通りです。

〒102-0075 東京都千代田区三番町8番地1 三番町東急ビル6F
(株)竹書房　蜜猫文庫編集部
クレイン先生 / ウエハラ蜂先生

冷徹公爵は見知らぬ妻が可愛くて仕方がない
偽りの妻ですが旦那様に溺愛されています

2024年2月29日　初版第1刷発行

著　者　クレイン　©CRANE 2024
発行所　株式会社竹書房
〒102-0075
東京都千代田区三番町8番地1 三番町東急ビル6F
email : info@takeshobo.co.jp
デザイン　antenna
印刷所　中央精版印刷株式会社

氷壁の
炎の魔法使いは
乙女しか愛せない
魔女は初恋に熱く溶ける
クレイン
Illustration ウエハラ蜂
師匠に殺される覚悟ができた。
結婚しよう。リリア
世界一の魔術師アリステアの娘であるリリアは、父の弟子のルイスのことが大好き。火の精霊に愛されたルイスは炎の制御ができず迫害された過去があるが、実際は世話焼きで優しい人。魔物に悩まされるファルコーネ王国に行き、帰ってこない彼にしびれを切らしたリリアは彼の元に押しかけ同居を始め、ルイスも覚悟を決める。「リリア、触れてもいいか？」ずっと好きだった人に甘く愛され幸せの絶頂だが魔物の襲来の危機が迫り!?
蜜猫文庫

クレイン

Illustration すがはらりゅう

冷徹王は秘密の花嫁と娘を取り戻したい

遠き楽園の蜜愛の証

本当は、帰りたかった。
愛した女のそばにいたかった

「その人から離れなさい！」フロレンシアは五歳になる愛娘エステルへ声を上げた。彼女の隣にいる男性、愛称しか知らない彼こそが、エステルの父親でかつて愛し合った相手だったのだ。彼は自分の本当の名はアルフォンソだと言う。それはこの国の王の名前だった。「妻を愛でるための息抜きくらい、許されるさ」自分を妻と呼ぶ彼に王宮に連れてこられ、激しく愛されて蘇る記憶。思い出と現在に翻弄され、戸惑うフロレンシアは!?

蜜猫文庫

屋根裏部屋でのとろ甘蜜月!?
クレイン
Illustration 森原八鹿
私を追い出す予定だった
侯爵様に何故か溺愛されています
キミにはもう、
優しい世界だけをあげたい
伯爵令嬢ルーチェは連れ子の為、母を亡くしてからは使用人のような扱いを受けていた。ある日突然、美貌の英雄侯爵子息のオズヴァルドの婚約者として嫁ぐ事に。この結婚が不服な彼はルーチェを追い出す為に屋根裏部屋を与えたがルーチェにとっては心地がいい場所だった。やがてルーチェの境遇や逆境に負けない心を知った彼はルーチェを愛するようになる。「私の妻は、君だ。君がいい」彼に慈しまれ情熱的に愛されはじめて!?
蜜猫文庫

完璧なる子作り計画!?

ハイスペック宰相閣下が
「お前をお母さんにしてやろうか」と**求婚**してきました

あさぎ千夜春
Illustration Ciel

ハイスペック童貞宰相閣下
×気遣い100%侍女令嬢

美貌の有能宰相リュシアンの侍女である男爵令嬢のビアンカは病気の父に死ぬまでに孫が見たい、と言われ悩んでいた。話を聞いたリュシアンが「僕がお母さんにしてあげましょうか」とまさかの求婚。すれ違いもあったが二人は結婚をし、甘く蕩けるような蜜月を堪能する。幸せの最中リュシアンが王命を受け他国へと旅立つ事に。しかし帰国の日になっても彼が帰ってこない。事件の可能性を考え、ビアンカは彼を捜しに行く事に!?

蜜猫文庫